Geht doch!!!!

Renate Seifert-Rüsche

Geht doch!!!!

Geschichten, die das Leben schreibt

Bibliografische Information der Deutschen Nationalbibliothek:
Die Deutsche Nationalbibliothek verzeichnet diese Publikation
in der Deutschen Nationalbibliografie; detaillierte bibliografische
Daten sind im Internet über http://dnb.dnb.de abrufbar.

© 2014 Renate Seifert-Rüsche
Satz, Umschlaggestaltung, Herstellung und Verlag:
BoD – Books on Demand

ISBN: 978-3-7357-7027-1

Inhalt

Vorwort	7
1. Krankenhaus	9
2. Glück gehabt!	12
3. Beim Friseur	16
4. Im Schwimmbad	20
5. Aufklärung	22
6. Der Ausflug	26
7. Beim Metzger	29
8. Im Wartezimmer	31
9. Besuch im Altenheim	34
10. Liebe	38
11. Versammlung	43
12. Kaffeetrinken	45
13. Autofahrt	47
14. Fernsehabend	50
15. Früher	52
16. Beim Zahnarzt	59
17. Das männliche Geschlecht	63
18. Reise nach Rostock	68

19. Liebe	72
20. Wie alles begann	81
21. Reklame und ihre Folgen	89
22. Theaterbesuch	91
23. Oma Christine	93
24. Der 30. Geburtstag	100
25. Hosenkauf	104
26. Hausputz	107
27. Kirmes	110
28. Geht doch!	116
29. Fußballabend	118
30. Spaziergang	123
31. Geburtstag	128
32. Kinder, Kinder	131
33. Umzug	136
34. Knie-OP und Reha	139
35. Zum Schluss	143

Vorwort

Ich möchte mich zuerst bei allen bedanken, die unfreiwillig etwas Lustiges zu meinen Geschichten beigetragen haben.

Dieses Buch widme ich meinem Mann, meiner Oma Christine, meinen Eltern und natürlich auch meinen Kindern, die in einigen Anekdoten vorkommen. Wobei sich Biographisches und Fiktives miteinander vermischen.

Renate Seifert-Rüsche

1. Krankenhaus

Sie lag auf dem Bett und überlegte, wie es wohl passiert sein könnte. »Ist das die 85-jährige Patientin?«, rief der Pfleger und sah von oben auf sie herab. »Das hättest du wohl gerne, in dem Alter hält man wohl schön den Mund«, dachte sie und sagte: »Sehe ich so aus? Ich kann Ihnen ja mal meine Brille leihen, damit Sie besser gucken können.« Er sah sie an, konnte aber nicht mehr antworten, da ein junger Assistenzarzt an ihr Bett kam und fragte: »Wie geht es denn? Na, wie ist denn das passiert? Da wollen wir Sie mal zum Röntgen fahren, die Nase ist ja ganz geschwollen, die Augen sind fast zu, der Gegner sieht wohl auch so aus?« Er wollte wohl witzig sein, aber darüber konnte keiner lachen, sie am wenigsten. Denn es tat doch richtig weh – Hinfallen war also nichts für sie … Für wen denn auch, seien wir doch ehrlich: Wenn man als Kind hinfällt: »Ach, die arme Kleine, musst nicht weinen.« Ab einem gewissen Alter heißt es (hinter vorgehaltener Hand): »Die wird aber auch immer klappriger.« Aber zurück zum Krankenhaus: Sie wartete auf die Röntgenassistentin, die erst ziemlich spät, so nach einer »gefühlten« Stunde, ins Zimmer kam und mit hochrotem Kopf ihre Arbeit tat. Auf die Frage, ob sie Fieber habe, da sie so rot im Gesicht sei, wurde sie noch verlegener und bekam keinen Ton heraus. Na, hatte sie vorhin nicht den jungen Assistenzarzt hinter ihr hergehen sehen? Ja, das konnte sein, aber was kümmerte sie das eigentlich? War sie neidisch auf diese, sie musste zugeben, süße Schwester? Sie war doch auch einmal jung gewesen und war da auf der Arbeit nicht ein netter Kollege? Sie kam so ins Schwärmen und merkte gar nicht, dass ein anderer Arzt an ihr Bett kam und ihr den Befund mitteilte: Sie hörte nur noch: »Die Nase muss genäht werden, das rechte Bein ist angebrochen und wird geschient«, und zur Schwester: »Sie wird auf die Chirurgie gebracht und muss mindestens vier Wochen bleiben.« »Das kann ja noch heiter werden«, dachte sie sich, »vor allen Dingen werde ich sicher zu einer alten Oma gelegt, die abends das Gebiss rausnimmt, nicht mehr richtig hören kann und auch noch nachts schnarcht oder rumpupst«. Außerdem wird die dann im Fernseher nur so »Rummel, Rummel« hören und womöglich den »Heini« mögen. Fix und fertig wurde sie alleine von dem Gedanken, was so auf sie zukommen könnte. Sie wurde von einer Schwester abgeholt und zuerst musste die Nase genäht werden. Das war ja auch nicht das Gelbe vom Ei, immer kam vom Arzt der Satz: »Schön ruhig halten, dann kann besser genäht werden«. Na, dann! … Fertig! … Weiter ging es, noch einmal Nase röntgen. Aber da machte plötzlich ihre Blase schlapp. »Schwester, kann ich mal für kleine Mädchen?« Schwester war im Gespräch mit dem Chirurgen und hatte wohl nicht zugehört. Wieder: »Schwester, kann ich mal zur Toilette?« Wieder keine Reaktion. »Hallo, hallo, wenn ich jetzt nicht auf die Toilette komme, geschieht ein großes Unglück!« »Na, wer wird denn hier so ungeduldig sein, nur weil Sie mal Pipi machen müssen, macht man hier keinen Aufstand«. »Na, dann kann ich ja nächstens laufen lassen, wenn es egal ist!!«, meinte sie und die Schwester schob sie in die nächste Toilette. Aber habt ihr schon einmal mit einem Bein hoch die Hose herunterbekommen? Das wünscht man aber auch keinem. Dann meldete sich der Magen! HUNGER!! »Schwester, ich habe Hunger!«, rief sie von der Toilette aus. »Das kann aber jetzt nicht wahr sein, so eine Patientin habe ich aber noch nicht gehabt«, rief die Schwester, half ihr aber aus der Toilette heraus und fuhr sie zuerst zum Aufzug und dann Richtung Station 14. Dort wurde sie von einer Kollegin übernommen.

Diese lächelte sie an und sie lächelte einfach mal zurück. Kann ja nicht verkehrt sein, falls man mal was braucht, sie durfte die erste Zeit nicht aufstehen und da hatte man keine andere Wahl.

2. Glück gehabt!

Als sie im Zimmer angekommen war, sah doch alles recht freundlich aus, die Bettnachbarin war zur Untersuchung unterwegs und sie würde sie später noch sehen. Die Spannung blieb doch, wie sah sie aus, die Frau, mit der sie womöglich lange in einem Zimmer bleiben musste? Endlich ging die Tür auf und ein Schrei folgte: »Nein, du, was machst du denn hier?« »So eine dumme Frage, was soll ich hier schon machen? Eier ausbrüten?« »Ach, das ist aber ein Zufall, dass wir beide hier zusammen liegen. Wann haben wir uns denn zuletzt gesehen?«

Ihr Inneres rief nur: »Hilfe!«, aber sie lachte die andere an und antwortete: »Das ist aber eine Überraschung! Schön, dass wir auf einem Zimmer sind, das wird sicher lustig«. Oh, sie konnte lügen, wenn die wüsste, dass sie diese Frau nicht ausstehen konnte! Die hatte doch vor Jahren ihrem Erich schöne Augen gemacht: Wie sie sich »ranschmiss«! Immer nur: »Ach, Erich, der Abend ohne dich wäre nur halb so schön«, säuselte sie und sah ihm dabei tief in die Augen. Und was machte Erich? Lächelte, fand das noch klasse, dabei sah sie in ihrem geblümten Kleid wie eine Matrone aus. Der supertiefe Ausschnitt konnte ihrer Meinung nach auch nichts mehr retten. Nun war sie in ihrem Zimmer, im Nachbarbett, und sie fragte sie: »Na, welche Krankheit hast du denn? Doch nichts Schlimmes oder gar Ansteckendes?« »Ach«, antwortete sie, »es ist nur der Appdis, der Schnitt ist nur klein, da kann ich ja wieder meinen Bikini anziehen«. »Oh Gott, wer zieht nur einem Nilpferd einen Bikini an?«, dachte sie, und laut fragte sie nach: »Was ist denn ein Appdis? Das habe ich ja noch nie gehört, und Bikini, ist das in deinem Alter nicht übertrieben?« »Es soll nur so ein Wurm sein, wie ich den Doktor verstanden habe.

Was heißt überhaupt: In meinem Alter trägt man keinen Bikini? Ich kann es mir leisten, schließlich habe ich 20 Pfund abgenommen.« »Na, wenn man vorher zwei Zentner gewogen hat, sind 20 Pfund wie 20 Gramm, und wenn du Würmer hast, darfst du gar nicht hier liegen. Da gehörst du isoliert, da werde ich für sorgen«, sagte sie ihr ins Gesicht. Dieses wurde fast dunkelrot, und wenn nicht in diesem Moment die Visite gekommen wäre …

GLÜCK GEHABT!!

Der Professor kam mit mehreren Ärzten und Schwestern an ihr Bett, las sich den Bericht durch, blickte sie an, dann wieder den Bericht, schüttelte den Kopf und ging zum Nachbarbett.

Na, das war aber irgendwie komisch, nicht mit mir zu sprechen. Was sollte denn das? »Ach, Herr Doktor, ich habe da mal eine Frage«, begann sie vorsichtig. Bei einem Professor kann man nie wissen, das sind ja auch keine »normalen« Menschen. Da ist man schon wer, da hat man Geld, eine Villa, eine Frau, Kinder, vielleicht noch eine Freundin, und man ist im Golfklub, denn es gibt Verpflichtungen.

Nach einiger Zeit, er sah sie mitleidig an (den Blick könnte sie sich bei ihrem »Ende« vorstellen), und er fragte: »Ja, was gibt es denn Schönes?« Schönes? Das war aber auch schön, wer stellt denn so dämliche Fragen? Sie lag doch nicht zu ihrem Vergnügen hier! »Wie lange muss ich denn hierbleiben?«, war die Frage. »Na, wenn Sie schön brav liegen und nicht aufstehen, dann geht es vielleicht schneller, also abwarten!«, gab er zur Antwort. Muss man also schön brav sein, dann bekommt man auch ein Leckerli? Na, verdammt noch mal, sind wir hier auf der Kinderstation? Oder doch auf der Geriatrie? Oh Gott, nur nicht, das wäre wirklich das Ende.

Sie lächelte ihn nur an und sah auf ihre Uhr, denn es war

eigentlich Besuchszeit. Sie wollte endlich etwas anderes hören und vom Nebenbett kommt plötzlich ein schrilles Lachen. Was hat sie denn jetzt? Ist ihr der Wurm schon ins Gehirn gestiegen? Sie hört noch: »Ja, Herr Professor, danke, Herr Professor, werde es so machen, Herr Professor.« Nachdem die Ärzte den Raum verlassen hatten, fragte sie nach: »Na, was gibt es denn zu lachen?« »Ich darf morgen nach Hause, bin wieder gesund«. »Ist der Wurm weg?«, war ihre Frage. »Ach, Wurm hin, Wurm her; es ist alles wieder gut und da kann mich mein Geliebter abholen. Werde gleich anrufen, kann es kaum erwarten«. Jetzt war sie aber platt, die und Geliebter? Da lachen aber die Hühner. So viel Geld hat sie ja gar nicht, dass sie sich einen Geliebten leisten kann. Aber mal abwarten, werde mir das Bürschchen mal ansehen. Die Zeit wollte aber auch nicht vergehen, hatte auch keine Lust, sich von ihr »vollquatschen« zu lassen. »Ach, in einer halben Stunde kommt er, ich habe ja richtig Sehnsucht.« Um Gottes willen, wen will die denn noch in ihrem Alter alles betören? Und laut sagte sie: »Ja, da bin ich aber gespannt, was du so kennen gelernt hast!« Kaum ausgesprochen, schon erschien in der Zimmertür ein Bild von einem Mann: groß, schlank, braungebrannt, schwarzhaarig und jung. Ihr fehlten die Worte, nein, so etwas, sie war fertig.

»Hallo, mein Schatz«, säuselte die Nachbarin, und er gab ihr einen dicken Kuss auf den Mund. »Bah!«, dachte sie nur. Aber eigentlich nicht »Bah!«, wie kam so eine Frau an so einen Mann? War sie neidisch? Sie schloss ihre Augen und überlegte fieberhaft … vielleicht aus dem Internet? Da kann man ja einiges erleben und vielleicht auch »aufreißen«. »Tschüsse, bissi morge«, kam aus seinem Mund. Aha, Ausländer, konnte sie sich ja denken. Deutsche Männer packen die doch nicht mehr an. Oh Gott, was war sie gehässig! Sie konnte es nicht lassen und fragte nach: »Na, der ist aber auch nicht hier geboren?« »Nein, ich habe meinen Schatz im letzten Karibikurlaub kennen gelernt und er ist sofort mit zu mir gezogen.« »Und, der hat sich das gefallen lassen? Einfach so mitnehmen, das kostet doch richtig viel? Umsonst geht so ein schöner Mann doch nicht mit dir nach Hause?«

So, jetzt war die andere so weit … innerlich lachte sie sich eins ins Fäustchen. Aber diese schwärmte nur und antwortete: »Nein, er hat mir gesagt, dass er mich liebt und mich heiraten will!« »Ach, das war doch sicher nicht ernst gemeint, der will doch nur dein Geld! Du bist ja nicht mehr die Jüngste und er könnte doch dein Enkel sein.« »Na, hör mal«, empörte sie sich, »meine Kinder haben ihn auch schon kennen gelernt und finden es toll, dass ich auch heiraten möchte.« Über so viel Blödsinn konnte sie nur staunen, wie kann man in dem Alter noch so doof sein? Aber irgendwie gingen ihr die Argumente aus, im Grunde war es doch egal, ob die noch einmal heiratete! Was hatte sie damit zu tun?

Nur, sie hatte einen Kloß im Hals sitzen, warum konnte sie nicht so ein »Schnäppchen« machen?

Aber sollte sie sich grämen? Sie hatte doch ihren Erich. Der war auch mal schlank, dunkelhaarig und jung. Irgendwie war bei ihnen doch auch noch Liebe, und als er dann ins Krankenzimmer kam und sie ihn so wie früher küsste, da sah er sie verwundert an, als wenn er sagen wollte: »Was ist denn hier passiert?«

3. Beim Friseur

Karin schaute in den Spiegel. »Ich sehe furchtbar aus.« Die Haare hingen nur so fusselig herum, die Augen waren gerötet, die Augenbrauen schienen in jede Richtung zu wachsen, und dann entdeckte sie etwas Schreckliches: Haare am Kinn! Was sollte das? »Kommen jetzt die männlichen Hormone? Wie soll ich da hinterher aussehen?« Es reichte! »Ich muss zum Friseur! Ich muss zum Schönheitssalon!!«

Ein Termin war schnell ausgemacht, aber erst in zwei Tagen. Wie konnte Karin diese beiden Tage nur überbrücken? Kopftuch tragen? Lieber nicht, sie wohnte zwar ländlich, aber doch nicht so. Das war in der heutigen Zeit auch nicht mehr »in«. Nicht mehr rausgehen? Keine frische Luft mehr? Es war Gott sei Dank auch nicht mehr so warm, da konnte man sich eine Mütze aufsetzen oder einen Hut? Mütze habe ich keine gescheite und Hut? Habe zwar welche, aber tragen das eigentlich nicht nur alte Frauen? Wieso hatte ich mir beim Kauf darüber keine Gedanken gemacht? Karin wusste nicht mehr weiter und rief ihre Freundin Claudia an. Während des Gesprächs kam Karins Mann Max ins Zimmer. Gestikulierte mit den Händen herum und Karin unterbrach ihr Gespräch: »Was ist los? Du fuchtelst so mit den Händen, bist du krank?« »Ach, ich wollte nicht stören, wollte doch nur fragen, ob du noch die leckeren Plätzchen von Weihnachten hast?« »Das weißt du doch, die hast du schon alle aufgegessen. Habe noch ein paar gekaufte in der rechten Schublade, die kannst du essen«, antwortete sie. »Da sind sie aber nicht«, rief er aus der Küche und Karin verdrehte die Augen. »Warte einen Moment, Claudia, bin gleich wieder da.« Sie ging in die Küche und Max sah sie an: »Was hast du? Du siehst so giftig aus.« »Nein, ich bin ganz entspannt, wieso sehe ich giftig aus?

Habe doch gar keinen Grund.« »Doch«, meinte er: »Wenn man entspannt aussieht, dann geht das so.« Er machte ein lächelndes Gesicht. »Gar nicht. Wenn ich entspannt bin, dann lasse ich alles hängen, etwa so.« »Ja, stimmt«, meinte er, »dann hängen die Wangen so runter.« »Aha, ich habe also schon Hängewangen«, sagte sie. »Nein, du verstehst wieder alles falsch, es hängt doch nur ein bisschen. Au, nein, so meine ich es auch nicht. Ach, ich habe gar keine Meinung«, rief er und ging aus der Küche in den Flur. Sie lief ihm hinterher und schrie: »So weit ist es schon, dass du mir meine Wangen schlecht machst. Nachher sind es auch noch die heute Morgen entdeckten Haare am Kinn.« Oh, jetzt war es raus. Das hatte er ja noch gar nicht gesehen und sie musste ihn auch noch darauf hinweisen. Wie dumm war sie nur? Er drehte sich um und fing an zu lachen, nahm sie in den Arm und sagte: »Na und? Haare hin oder Haare her, ist doch egal, ich liebe dich auch so.« Sie weinte und lachte und plötzlich fiel ihr ein, dass Claudia ja noch am Telefon war. Die hatte sie ganz vergessen. Wieder am Apparat, merkte sie, dass diese in der Zwischenzeit aufgelegt hatte. Na, auch egal. Vielleicht sieht man sich ja auch beim Friseur.

Endlich Friseurtag!!
Dort saßen auch noch drei andere Frauen, alle mittleren Alters (das heißt Ü 55–Ü 60). Die eine kam aus dem Nachbarort, hatte rote, glatte Haare und sah wie Pumuckl aus. Zum Schreien. Jetzt sprach sie mich auch noch an: »Na, wir kennen uns doch auch?« Blöde Anmachfrage! »Ja, kann sein. Ich weiß aber nicht, woher.« Sei schlau und stell dich doof, hat mir mal meine Oma gesagt. »Sie waren doch letztens mit Ihrer Nase im Krankenhaus, da haben wir uns doch auf dem Flur getroffen.« »Hatte ich total vergessen.« »Das kann ja mal passieren, man trifft so viele Menschen,

da kann mal einer vergessen werden«, antwortete ich. Endlich kam Karin dran; die Friseurin sah auf ihr Haar und meinte: »Da gibt es jetzt nur eine Radikalkur, was haben Sie mit den Haaren gemacht?« Na, red hier nicht rum, dachte sie nur und gab aber als Antwort: »Ach, ich weiß auch nicht, wir waren in Urlaub und dort bin ich einfach bei einem Friseur reingegangen, habe gefragt, ob die mal eben durchschneiden können. Da ist es passiert, jetzt sehe ich so aus.«

»Na, das bekommen wir wieder in den Griff, wir machen erst einmal eine schöne Farbe rein, werden die Augenbrauen zupfen und da sehe ich«, in dem Moment wurde sie lauter, »Sie haben ja auch schon Haare im Gesicht, Sie bekommen einen Damenbart …« Karin hätte sie schlagen, durch den Wolf drehen oder Ähnliches machen können. Musste das so laut gesagt werden? Die anderen Frauen hatten zugehört und schon kamen die Kommentare: »Ach, Sie sind ja in so einem Alter, da hat man hinterher überall Haare.« Pengüü! Das war wieder so nach Karins Geschmack, die Alten konnten doch nicht ihre Klappe halten.

Sie lächelte nur krampfhaft, man machte also gute Miene zum bösen Spiel. Endlich war die Farbe auf den Haaren, und in der Einwirkzeit bekam sie zwei Zeitschriften: »Die goldene Henne« und »Ich bin für dich da«. Bei beiden konnte man nur das kalte Grausen bekommen, denn es triefte nur so vor Schmerz und Herz. Was ging das eigentlich Karin an, ob der Graf x mit der Gräfin y im Pool geknutscht hatte? »Sollen sie doch, davon habe ich auch nichts«, dachte Karin, »mit mir knutscht jedenfalls keiner im Pool. Das hat zwei Gründe: Erstens habe ich keinen Pool und zweitens, welcher Graf soll mit mir schon knutschen?« Kaum gedacht, kommt der Nachbar herein, lächelt und fragt: »Ach, habt ihr für mich noch Zeit? Möchte mich gerne stylen lassen.«

Karin hätte bald die Zeitungen fallen lassen. Stylen? Wo denn? Die fünf Haare? Laut sagte sie: »Ach, Gerd, du bist ja auch da. Du brauchst doch gar nicht zum Friseur, die paar Haare kann deine Frau schneiden.« Alles lachte, nur Gerd nicht, der sah im Moment sauer aus, er sah mich an und meinte: »Bei dir lohnt es sich doch auch nicht, selbst mit gefärbten Haaren guckt dich keiner mehr an!« Das hätte er ihr auch in jungen Jahren nicht gesagt und alle hörten auf zu lachen und warteten auf Karins Antwort. »Nur weil du anfängst dement zu werden, brauchst du mich nicht zu beleidigen«, erwiderte Karin. Alles grinste und was machte Gerd? Tür auf, Tür zu … weg war er. Die Friseurin fand das nicht so gut, denn Gerd war ja auch ein Kunde. Sie sah mich an und meinte: »Na, wenn ich Sie nicht so gut kennen würde, müsste ich Schadenersatz verlangen. Schließlich hätte er bestimmt 20,00 Euro bei mir bezahlt.« »Na, so teuer ist es, fünf Haare zu kämmen?« »Nein, aber der Kunde hat bei mir schon Augenbrauen zupfen und färben lassen.« Karin fing laut an zu lachen und rief: »Habt ihr gehört, der lässt sich die Augenbrauen färben und dabei kann er auch nichts mehr bei der Damenwelt bewirken!« »Na«, meinten die anderen, »so schlecht sieht er ja auch noch nicht aus.« »Ich etwa?«, fragte Karin. »Nein«, riefen sie, »aber man muss das Alter sehen und die vielen Falten.« Na toll, beim Mann sind Falten und Alter nicht wichtig, aber die Frauen müssen bis zum Ende ihrer Tage wie die Jungfrau von Orleans aussehen. Karin hatte sich genug aufgeregt und las einfach in diesen doofen Zeitschriften weiter und dachte: »Komisch, hier steht auch: Im Alter sehen Frauen oft viel besser aus als die gleichaltrigen Männer. Außerdem wirken sie viel vitaler und sind noch an allem interessiert.« Na also: Geht doch!!

4. Im Schwimmbad

»Hallo, kommst du? Wir wollen doch los«, rief Waltraud aus dem Auto, wo noch die Beifahrertür weit geöffnet war. Endlich kam Margret und zog eine schwere Tasche hinter sich her.

»Was nimmst du denn alles mit? So viel brauchst du doch gar nicht. Ich habe meinen Tankini an, brauche nur Waschzeug, Badelaken und Unterwäsche. Na, erzähl mir mal, was du denn so alles brauchst.« »Du hast gut reden, bei meiner Figur braucht man schon einen großen Badeanzug, ein großes Badelaken, einen Bademantel und Diverses«, antwortete sie.

»Aber hallo«, lachte Waltraud, »wenn du meinst, du wärst dick, dann zeige ich dir gleich mal richtig Dicke.«

Das Wasser im Thermalbad war wie immer superwarm. Man ging hinein und fühlte sich einfach wohl.

So ging es beiden, dieses wohlige Gefühl machte sich bei beiden breit. »Wie fühlst du dich denn jetzt?«, fragte Waltraud.

»Ach, herrlich, und wir sind sogar ganz alleine in dem großen Bad.«

Kaum ausgesprochen, da kamen schon mehrere Frauen herein, alles so geschätzte Größe 54. »Soll ich dir mal sagen, was mein Vater meinte? Da kommt ein Krampfadergeschwader.« Margret wäre bald vor lauter Lachen untergegangen und wollte aber nicht auffallen, bekam einen hochroten Kopf und schwamm in eine andere Richtung. Die nächste Attraktion kam auch noch: ein Mann, dicker Bauch, darunter eine fast durchsichtige Hose, die bis zu den Waden ging. Fast alle im Bad sahen in seine Richtung und hielten irgendwie die Luft an. Hält die Hose? Oder fällt sie? Margret stand wieder im Wasser neben Waltraud und hatte das auch mitbekommen: »Gibt es hier nur solche Typen? Wo bin ich denn hier reingeraten?«

»Auf dem Lande«, sagte Waltraud. »Hier gibt es viele lustige Sachen zu erleben und zu sehen.«

Eine andere Frau kam angeschwommen und meinte: »Der ist oft hier, wir sind alle gespannt, wie lange die Hose noch hält.«

Wieder in der Umkleide rief Margret: »Meine Hose ist weg. Ich kann doch nicht ohne Hose auf die Straße gehen. Ist das hier normal?« »Nein«, meinte Waltraud, »vielleicht hast du sie verlegt? Wir wollen doch auch hinterher noch einkaufen gehen, dann ziehe dir doch den Bademantel an, da fällt es nicht auf.« Sie sah Margret an und die meinte: »Der Bademantel ist ganz rot und mit Kapuze.« »Ja«, rief Waltraud, »es ist doch bald wieder Nikolaus, ich nehme deine Hand und ziehe dich hinterher. Was meinst du?«

Beide sahen sich an und fingen an zu lachen, man sollte sich das einmal vorstellen: Bademantel-Nikolaus-Einkauf! »Lieber nicht, sonst werden wir noch festgenommen oder noch schlimmer, die Männer mit den weißen Jacken, die von hinten nach vorne geschlossen werden«, meinte Waltraud und sie zogen sich weiter an. Aus der Nebenkabine, bei den Männern, kam ein klägliches Rufen: »Hilde, so komm doch! Wo bist du denn?« Die so genannte Hilde lief schnell in unsere Kabine und lächelte. »Was hat er denn?«, fragte Margret.

»Ach, er ist schrecklich krank, er hat Schnupfen«, antwortete Hilde grinsend.

»Das kann doch nicht wahr sein«, kam fast gleichzeitig aus Waltrauds und Hildegards Mund und sie mussten schnell in den vorderen Bereich des Bades laufen, sonst wären sie vor lauter Lachen geplatzt. Jetzt hatten sie sich ein Stück Kuchen verdient, dazu einen leckeren Kaffee und so konnte der Nachmittag zu Ende gehen.

5. Aufklärung

Karl-Heinz war gestern 60 Jahre geworden und er fühlte sich noch richtig fit, seine Arbeit als Bäcker liebte er und seine Frau und die Kinder ebenfalls. Obwohl ... als er letztens im Bett lag und seine Frau beobachtete, dachte er nach, ob die Jahre bei ihm auch Spuren hinterlassen hatten. Sie waren 30 Jahre verheiratet und es gab auch Streit, oft wegen der Kinder. Sie waren sich in der Erziehung nicht einig, sie gab öfter nach und er als Mann wollte seine Autorität nicht verlieren. Wo kommen wir denn hin, wenn die Gören uns auf dem Kopf rumtanzen? Diese kamen immer mit Fragen an, wie zum Beispiel: »Papa, kannst du uns erklären, was Frühlingsgefühle sind?« Als ich dann von den Bienen und Blümchen erzählen wollte, wurde ich doch glatt ausgelacht. Ich beschwere mich bei meiner Frau und die meinte: »Na, die Kinder googeln vorher im Internet den Begriff und fragen dich dann hinterher, wie du das erklärst. Den beiden kannst du nicht mit Bienen oder Blümchen kommen, aus dem Alter sind sie raus. Hast du unseren Sohn eigentlich schon aufgeklärt? Denn das ist doch Männersache, unserer Tochter habe ich schon alles ausführlich beschrieben.« »Du hast doch nicht unser Liebesleben verraten?«, fragte er. »Was für ein Liebesleben?«, antwortete sie. »Da ist doch nichts Besonderes passiert, doch nur das Übliche.«

»Was meinst du mit das Übliche? Außergewöhnliche Orte, Begriffe oder Ähnliches?«

»Ach, ich habe jetzt keine Zeit mehr, mich mit dir darüber zu unterhalten, kläre du jetzt mal unseren Sohn auf. Er wartet sicher auf ein Gespräch mit dir!«

Das meinte sie doch nicht im Ernst? Wie sage ich es meinem Kinde? Obwohl, der Sohn war ja schon 15 Jahre, da wurde es langsam Zeit. »Tom, kommst du mal zu mir? Ich muss mit dir reden«, rief Karl-Heinz in den Flur. Der Sohn kam mit bangem Gesicht zu seinem Vater, er hatte doch nicht wieder etwas angestellt? Dann war wieder eine »Vater-Standpauke« angesagt.

»So, mein Sohn«, begann Karl-Heinz, »wie du weißt, gibt es zwei Geschlechter, also Mann und Frau. Die Frau bekommt – na, wie soll ich es sagen?«

»Du brauchst mir nichts darüber zu erzählen«, unterbrach Tom seinen Vater, »ich kenne mich schon lange damit aus.«

»Wie?«, stotterte Karl-Heinz. »Was kennst du denn?«

»Meine Freundin Corinna und ich nehmen im Moment noch einen gefühlsechten Schutz, weil sie die Pille nicht verträgt.«

Oh, Karl-Heinz musste schlucken und meinte: »Also du weißt schon alles? Woher denn?« Tom fing an zu lachen und sagte, während er wieder aufstand: »So etwas hört man von überall und außerdem gibt es Internet und überhaupt, ich habe doch Corinna.«

Karl-Heinz war sprachlos und überlegte, ob er nicht auch mal ins Internet gehen sollte. Vielleicht konnte er noch etwas lernen? Obwohl, wir haben doch auch zwei Kinder bekommen, da war auch kein Klapperstorch im Spiel. Er musste schmunzeln, was hatte man ihm damals erzählt? Nichts, außer dass er mal etwas von einem Storch gehört hatte, der nachts die Kinder bringt. Aber nur, wenn man vorher ein Stück Zucker auf die Fensterbank legt. Und heute? Da konnte man im ersten Schuljahr schon von den Kindern erzählt bekommen, mit welchen Methoden man verhüten kann und wo die Kinder herkommen. Aber eigentlich ist es doch besser in der heutigen Zeit, früher wurden die Kinder hinausgeschickt, wenn Erwachsene sich unterhalten wollten. Oder man musste still auf dem

Sofa sitzen, die Finger auf den Tisch legen und die Tante sagte dann zur Mutter: »Dein Junge ist ja gut erzogen, der kann ruhig sitzen bleiben.« Meine Mutter sagte nichts dazu, denn es war leider so, dass Kinder sich wie kleine Erwachsene benehmen mussten. Ich kann mich aber nicht daran erinnern, dass wir diese Tante noch einmal besucht hätten. Hatte sie davon!

Oder wie war es mit einer damaligen Spielkameradin, die war auf einmal verschwunden, und wenn ich nachfragte, wurde nur gesagt: »Ach, die ist verzogen.« Alleine? Die Eltern wohnten doch noch da und das Mädchen war doch erst 14 Jahre alt.

Eines Abends, die Erwachsenen hielten sich mit den Nachbarn in der guten Stube auf und ich stand hinter der Tür. Was bekam ich da zu hören? Die Elke, meine Spielkameradin, hatte ein Mädchen bekommen und sollte mit dem Kind in einem Heim untergebracht werden. Wieso Mädchen, Kind, Heim? Ich verstand nichts und lief zu meiner Oma, die im oberen Stockwerk ein Zimmer hatte. Ihr erzählte ich alles und wollte wissen, was es zu bedeuten hätte. Sie wurde ganz verlegen, wusste nicht richtig anzufangen und sagte dann: »Die Elke hatte mit ihren 14 Jahren schon einen Freund und von ihm hat sie ein Kind bekommen. Der Freund ist aber weggezogen und keiner kennt seine Adresse. Jetzt steht Elke ganz alleine mit dem Kind« »Wieso hat sie denn Zucker auf die Fensterbank getan? Das geht doch als Mädchen nicht«, unterbrach ich sie. »Also, pass auf, die Sache ist die: Der Freund hat die Elke geküsst und da ist sie in andere Umständen gekommen. So, mehr kann ich dir nicht dazu sagen«, beschloss die Oma und nahm wieder ihr Strickzeug in die Hand. Was für Umstände? Bekommt man vom Küssen Kinder? Ich war genauso schlau wie vorher und beschloss, kein Mädchen zu küssen. Keine sollte in Umstände kommen.

Gut, dass ich doch noch herausgefunden habe, dass man vom Küssen keine Kinder bekommt. Da wäre die Welt auch übervölkert! Karl-Heinz ging in die Küche zu seiner Frau, die gerade das Abendessen vorbereitete, küsste zärtlich ihren Hals und umfasste sie mit den Worten: »Gut, dass wir beide alles von der Liebe wissen und keinen Zucker mehr auf die Fensterbank legen müssen.«

»Zucker, Fensterbank? Ich verstehe nicht.« Sie sah ihn fragend an.

Aber Karl-Heinz zog sie an sich und küsste sie ganz stürmisch auf den Mund, und sie musste sich befreien, sonst hätte es an diesem Abend nichts zu essen gegeben.

6. Der Ausflug

»Na, dauert es denn noch lange?«, fragte Regina ihren Mann Helmut. Sie standen am Ufer des Sees und wollten mit dem Schiff fahren. Aber irgendwie kam und kam kein Schiff, obwohl die Zeit für die Abfahrt schon lange vorbei war. Alles ging aber heute schief, denn es ging am Morgen schon los. Erst wurde der Wecker nicht gehört und man war dadurch zu spät aufgestanden. Ihr Mann fand den Rasierapparat nicht, obwohl er ihn am Vortag zum Aufladen auf die Fensterbank im Badezimmer gestellt hatte. Wer bekam die Schuld, wer hatte ihn weggepackt? Regina! Da war der Streit schon da und wenn die Tochter nicht gerufen hätte: »Was ist denn hier los? Wenn jemand den Rasierer sucht, den habe ich in meinem Zimmer, denn ich habe mir die Beine rasiert.« »Na«, rief er zurück, »kannst du dir nicht einen eigenen kaufen? Du rasierst deine Beine und ich anschließend das Gesicht.« »Komm jetzt, wir wollen doch einen Ausflug mit dem Schiff machen. Nachher ist alles zu spät«, ermahnte Regina.

Nun standen sie hier wie bestellt, aber kein Schiff kam. Oder war da nicht doch etwas zu sehen? Richtig, endlich war eins in Sicht und nach einiger Zeit legte es an. Ein Angestellter stieg aus und rief: »Da sind Sie ja, wir haben Sie schon vermisst. Wo ist denn das Gepäck? Aber egal, schnell herein, wir haben leider schon etwas Verspätung.« Regina und Helmut waren endlich an Bord und nur das zählte. »Jetzt erst einmal eine schöne Tasse Kaffee«, sagte Regina und Helmut nickte. Sie gingen nach unten in den Speiseraum und bestellten sich Kaffee und es saßen schon einige Passagiere dort und unterhielten sich angeregt. Man hörte mehrmals »Donau« und »Wien« und sie hatten immer noch keine Ahnung, was es bedeuten sollte.

Helmut wunderte sich und meinte: »Hier scheint eine Gruppe Wienliebhaber zu sein, warum fahren die nicht da hin, statt hier eine Rundfahrt zu machen?«

Der Angestellte kam die Treppe herunter und sagte: »Hier sind die Schlüssel für Ihre Kabine, bis zum Abendessen können Sie sich noch etwas ausruhen.« Jetzt waren sie beide überrascht und meinten: »Wieso Kabinenschlüssel, das gibt es doch sonst bei keiner Rundfahrt?«

»Wieso Rundfahrt? Wir fahren Richtung Donau nach Wien. Sie haben sich doch angemeldet? Oder sind Sie nicht Familie Weber?« »Oh, nein!«, riefen beide. »Was machen wir denn jetzt?« »Bezahlen und die Reise genießen. Zahnpasta und andere Sachen haben wir an Bord, außerdem halten wir vorher noch einmal, dann können Sie sich vielleicht noch Shirts oder andere Sachen kaufen.« Regina und Helmut sahen sich nur an und beide hatten kein gutes Gefühl dabei. Was sollten sie denn jetzt machen? Die Kinder hätten jetzt gesagt: »Cool bleiben, es ist doch toll, mal etwas Überraschendes zu machen.« Nur, so cool fühlten sie sich nicht, sie waren aus dem Alter raus, wo man noch Experimente machte. Waren überhaupt die Fenster zu? Wer sollte den Blumen Wasser geben? Regina fiel auch ein, dass sie noch Essen für heute Abend fertig gemacht hatte, das würde dann schlecht. Oh Gott, wie war man nur auf die Idee gekommen, einen solchen Ausflug zu machen? Helmut holte sein Handy aus der Tasche und sagte: »Ich rufe jetzt mal bei den Kindern an, die haben vielleicht noch den Haustürschlüssel und können in der Zeit nach der Wohnung sehen. Jetzt müssen wir die Reise machen, ob wir wollen oder nicht. Außerdem, hattest du nicht mal gesagt, dass du eine Schiffsreise machen wolltest?« »Aber doch nicht so«, antwortete Regina, »da sollte alles geplant sein und es sollte keine Überraschungen geben.«

Die Kinder waren natürlich nicht zu erreichen, Regina

und Helmut waren sich aber nun einig, sie wollten sich nicht ärgern, es sollte jetzt doch eine tolle Fahrt werden. Sie mussten nur fragen, wie lange sie denn unterwegs sein würden, und riefen einen Angestellten, um Näheres zu erfahren. Na, zehn Tage, das war ja noch auszuhalten, und nachdem sie ihre Kinder doch noch erreicht hatten, bestellten sie sich ein Glas Sekt und tranken auf diese Überraschungsreise. Nach dem Motto: Wer einmal eine Reise macht, der kann auch was erleben.

7. Beim Metzger

»Na, Sie haben aber zugenommen«, so wurde Anne von der Metzgerfrau begrüßt. »Ich sage erst einmal Guten Morgen«, antwortete sie und dachte nur: »Die soll sich mal ansehen!« Die Leggings saßen recht knapp, der Bauch quoll bald drüber. Aber über andere reden, das waren aber auch die richtigen Leute. Sie sah mich an und lächelte: »Das müssen Sie nicht falsch verstehen, Sie waren vor einem Jahr richtig schlank und jetzt sind Sie so dick geworden. Woran liegt es denn? Mein Arzt hat mir auch gesagt, ich soll abnehmen, aber ich bin doch bald nur noch Haut und Knochen, oder?« Dabei zog sie den Kittel hoch und drehte sich einmal herum. Anne fiel nichts ein, sie wollte doch Fleisch und Wurst holen und nicht über Pfunde sprechen. Was war das nur für eine Metzgerfrau? Damit konnte sie keinen Kunden halten, das wollte doch eigentlich keiner hören. Da hatte man ja Angst, überhaupt etwas zu kaufen, damit ja keine Pfunde an den Körper kamen.

Die Türklingel ging und eine ältere Frau kam herein. Da ging es schon wieder los: »Stimmt doch! Die Frau kennen Sie doch auch? War sie nicht letztes Jahr schlanker?«, fragte die Metzgerfrau.

»Na, ich kenne die Dame doch gar nicht«, antwortete sie. »Es ist mir auch egal, ob sie letztes Jahr schlanker war, ich möchte hier nur meine Wurst einkaufen.«

Richtig! Anna lächelte und sagte: »Ich muss nicht hier einkaufen, wenn man Angst haben muss, ein Gramm zu viel zu kaufen.« Sie packte ihre Einkaufstasche, drehte sich um und verließ den Laden. Im Hinausgehen sah sie die andere Frau hinter sich herkommen. Beide standen jetzt vor der Ladentür, sahen sich an und lachten. »Kommen Sie, da hinten gibt es ein Café, ich lade Sie ein. Auf diese Diskussion gibt es einen Kaffee«, sagte Anne. Die Frau nickte und meinte: »Das ist aber auch wahr. Ich bin übrigens Frau Weber und ich habe endlich den Mut gehabt, auch etwas zu sagen. Diese Metzgerfrau hat aber über jeden etwas zu meckern. Bei mir war es ein Mantel, der ihr nicht gefiel. Angeblich hat man so etwas nur im Krieg getragen. Ich würde gerne wissen, ob die einen Mann hat, der Arme. Der hat es bestimmt nicht leicht.« Im Café war die Bedienung sofort da und nahm die Bestellung auf. Sie kannte Frau Weber und diese erzählte ihr, was sie beim Metzger erlebt hatten.

»Ach, dafür ist sie aber bekannt, da gehen schon ein paar andere Frauen nicht mehr einkaufen. Wenn die so weiter die Kundschaft kritisiert, dann geht der Laden bald in Konkurs«, erzählte die Bedienung.

Am Nebentisch hatte ein Mann zugehört und mischte sich ein: »Aber … die ist doch so krank. Die arme Frau wird von ihrem Mann schlecht behandelt.«

»Da können wir doch nichts dafür«, rief Anne, »so hält man aber keine Kundschaft. Warum kann sie sich nicht gegen ihren Mann wehren und auch mit ihm so wie mit der Kundschaft reden? Wenn Sie die Metzgerfrau kennen, können Sie mit ihr ja mal sprechen.«

»Na, das geht leider nicht, ich bin der Bruder und sie lässt sich von mir auch nichts sagen!«

Ach, das war Anna aber bald zu dumm. Sie wollte nur ein paar Scheiben Schinken haben und was ist daraus geworden?

Ärger mit der Metzgerfrau, dann eine nette ältere Dame getroffen, Kaffee getrunken, aber SC.

8. Im Wartezimmer

Karin fühlte sich nicht so gut, es gab bestimmt eine »dicke« Erkältung. Also schnell zum Arzt ...

Dieses »schnell« war aber nicht möglich, zehn andere Patienten saßen im Wartezimmer und es war eine rege Diskussion im Gange. Von links: »Man bekommt ja keine guten Medikamente mehr verschrieben. Ich war erst bei meiner Krankenkasse und habe mich beschwert. Außerdem sollte ich meine Einlagen, die ich dringend brauche, selbst bezahlen.« Auf der anderen Seite saß ein junger Mann, der rief: »Das musste ich auch, ich brauche für meine Schweißfüße Einlagen.« Karin musste wegsehen, sonst hätte sie gelacht. Schweißfüße, wen interessiert das denn? Ein anderer sagte: »Das ist doch normal, wenn man Hämorrhoiden hat.« Kommt wieder von der anderen Seite: »Dann muss man auch alles bezahlen.« »Wie, haben Sie auch schon so etwas gehabt? Wo haben Sie die denn wegmachen lassen?«

Karin wollte nichts davon wissen und hörte einfach nicht hin, sie nahm sich eine Zeitschrift und blätterte darin und konnte doch nicht ganz weghören, denn sie hörte noch: »Ich nehme immer nur etwas zum Einreiben, damit sind meine Hämorrhoiden ganz weggegangen. Diese Salbe ist aber auch gut gegen Ausschlag, Halsschmerzen oder Nackenschmerzen.« Karin sah zu dem Mann hin, der so begeistert seine Salbe anpries. So sieht er auch aus, erst die Salbe auf die Hämorrhoiden und anschließend auf den Hals. Sie wollte sich das lieber nicht vorstellen, sonst hätte sie einen Lachanfall bekommen.

Wieder ging die Eingangstür auf, herein kamen zwei Frauen und beide hielten sich an der Hand.

Oh, hier musste man sich wohl gegenseitig stützen und beide sahen richtig ängstlich aus.

Karin stand auf und wollte ihren Platz anbieten, es wurde dankbar mit den Worten angenommen: »Das ist aber sehr freundlich von Ihnen, wir sind doch so schlimm krank, da ist es gut, wenn man einen Sitzplatz hat.« »Darf ich fragen, was Sie haben?«, sagte Karin. »Eigentlich möchten wir darüber nicht sprechen, aber ...«, sie zogen Karin zu sich herunter, »wir haben da so große Pickel und wissen nicht, ob es gefährlich ist.« »Große Pickel? Wo haben Sie die denn?«, fragte Karin.

»Oh, an verschiedenen Stellen, auch hier an den Händen«, sagten beide und Karin sah sich die Hände an. Sie konnte aber nichts erkennen und hatte ein ungutes Gefühl. Das wurde noch verstärkt, als verschiedene andere Wartende schmunzelten. In diesem Moment kamen zwei Männer herein und riefen: »Da seid ihr ja, immer müsst ihr aus dem Heim laufen und wir können dann suchen.« Beide zogen die Frauen von ihren Sitzen und schoben sie aus dem Warteraum.

Allgemeines Gelächter und Karin bekam einen roten Kopf. Wieso muss mir so etwas immer passieren?

War das nicht erst gestern, als sie auf Nachfrage einer Nachbarin eine Adresse nicht mehr wusste? Wie peinlich das war!

Es klopfte ... herein kam ein Ehepaar. Kaum hatten sie sich hingesetzt, rief die Frau: »Es ist ja entsetzlich, die Welt geht unter, alles ist schwarz!« »Was ist denn schwarz?« riefen ein paar Leute. »Ja, der Himmel ist ganz schwarz, da wird sicher gleich etwas runterkommen. Vielleicht auch ein Gewitter mit viel Regen.« Einige sahen aus dem Fenster und riefen: »Hier scheint doch die Sonne, wo kommen Sie denn her?«

Karin hörte nicht mehr richtig zu, denn ...

Endlich ging die Tür auf und der Arzt kam in den Warteraum.

»Leider muss ich jetzt zu einem Notfall, kommen Sie in einer Stunde noch einmal wieder. Sie können aber auch hierbleiben und warten.«

Raus war er …

»Das ist mal wieder typisch«, dachte Karin, »da habe ich wieder großes Glück. Aber soll ich mich jetzt ärgern? Die Oma hat immer gesagt, da bekommt man graue Haare von.«

Aber einige Patienten waren aufgestanden und nach draußen gegangen, nur das Ehepaar nicht, die hatten sicher Angst, dass der dunkle Himmel auch hierhin kommt.

Also Zeitung nehmen und warten.

9. Besuch im Altenheim

»Eigentlich ist es ja wieder einmal Zeit, meine Mutter zu besuchen«, sagte Vera zu ihrem Mann. Der las gerade in der Zeitung und nickte, er sah aber nicht zu ihr, denn mitkommen wollte er auf keinen Fall. Da roch es immer so nach alten Leuten und irgendwie hatte er immer ein seltsames Gefühl.

NEIN! Ich gehe heute nicht mit. Vera hatte an der Reaktion gesehen, dass sie doch allein gehen musste.

Sie nahm ihre Tasche, warf ihm eine Kusshand zu und ging hinaus. Vera wollte noch für ihre Mutter Obst holen und eine Zeitschrift, die sie immer gerne las.

Im Altenheim angekommen, musste sie ihrem Mann Recht geben, es roch tatsächlich irgendwie komisch. Aber sie wollte sich damit nicht weiter befassen, denn ihre Mutter würde sich bestimmt freuen. Bevor sie ins Zimmer gehen konnte, wurde sie von der Stationsschwester gerufen: »Hallo, kommen Sie doch bitte, ich muss Ihnen etwas sagen.« Vera war neugierig und fragte: »Ist etwas passiert? Ich war doch erst vorige Woche da, und es war alles in Ordnung.«

»Setzen Sie sich erst einmal«, die Schwester zog einen Stuhl heran. »Ihre Mutter hat sich sehr verändert. Haben Sie schon bemerkt, dass sie durcheinander ist? Gestern geschah Folgendes: Unser Mitbewohner Karl singt so gerne. Nur Ihre Mutter ist mit den Worten ›Das ändert sich jetzt‹ hingegangen und hat ihm eine Ohrfeige gegeben. Auf die Frage: ›Wie können Sie das nur machen?‹ kam die Antwort: ›War ich doch nicht!‹« Vera konnte es kaum glauben, ihre Mutter hatte noch nie geschlagen und Musik mochte sie immer gerne. Die Schwester war aber noch nicht fertig, sie sagte: »Dann kommt immer ein Mann zu ihr ins Zimmer und letztens hat sie ihn mit ihrem Stock geschlagen. Er hat aber zurückgehauen und Ihre Mutter sieht im Gesicht ganz blau aus. Bekommen Sie keinen Schreck«, meinte sie.

Vera stand auf und lief den Gang entlang zum Zimmer ihrer Mutter. Mal sehen, was ich da erlebe, meine arme Mutter! Vielleicht erkennt sie mich nicht, wenn sie so »durcheinander« ist, wie die Schwester sagt. Vera öffnete nach einem kurzen Anklopfen die Tür. Da stand sie am Bett, die Mutter, die sich nur langsam an dieses Heim gewöhnt hatte. Ihr Gesicht sah aber auch wirklich zum Fürchten aus. Alles blau, und unter den Augen war es angeschwollen.

»Mutti, wie hast du das denn angestellt? Das Gesicht ist ja ganz blau«, fragte Vera.

Die Mutter sah sie an und sagte: »Ich bin hingefallen, die passen ja hier nicht auf.«

Oh, Vera war sprachlos. Die Schwester hatte nicht übertrieben. War es jetzt wirklich so weit, dass die Mutter Alzheimer hatte? Wie schrecklich! »Erkennt sie mich denn noch?«, fragte sich Vera. »Mutti, sieh mal, ich habe dir Obst mitgebracht«, sagte Vera, nahm den Korb und stellte ihn auf den kleinen Tisch.

»Ja, das sehe ich. Bin doch noch nicht durcheinander«, antwortete die Mutter. Vera glaubte, nicht richtig zu hören, und war jetzt ganz sprachlos. Was ist das denn? Kann mir einer das mal sagen? Aber vielleicht ist das so?

Ich muss einmal mit dem Arzt sprechen, der hier im Haus Dienst macht, der kann bestimmt mehr darüber erzählen.

Die Mutter kam auf Vera zu und umarmte diese mit den Worten: »Ach, meine Kleine! Dass du mich noch einmal besuchst. Das werde ich dir nicht vergessen.«

»Aber Mutti, ich war doch erst letzte Woche hier«, antwortete Vera. »Das stimmt aber nicht. Du warst doch lange in Urlaub und da ging es nicht mit dem Besuchen.«

Vera musste sich umdrehen, sonst hätte sie geweint. Meine arme Mutti! Sie antwortete: »Ich gehe mal eben nach draußen, bin gleich wieder da.« Sie stand auf und war ganz schnell durch die Tür nach draußen Richtung Schwester gegangen. Unterwegs liefen ihr die Tränen herunter und sie kam mit verheulten Augen bei der Stationsschwester an.

Diese sah sofort, dass es Vera nicht gut ging, und tröstete sie mit den Worten: »Sie müssen es lernen, damit umzugehen. Ihre Mutter lebt in einer anderen Welt und es wird nicht immer leicht sein. Es gibt verschiedene Stadien, die solche Patienten durchmachen müssen. Einmal sind sie traurig, dann aggressiv, selbst wenn sie in ihrem Leben nie geschlagen haben. Diese Krankheit ist unberechenbar und man kann nur helfen, so gut es geht.« Vera half das in diesem Moment auch nicht weiter und sie fing wieder an zu weinen. Die Schwester legte einen Arm um ihre Schulter und sagte tröstend: »Weinen Sie nur, man muss das erst einmal begreifen, und hinterher genießt man jede Stunde mit dem Angehörigen, solange er noch lebt. Sie können mir glauben, Sie sind nicht die erste Angehörige, die es erst ›annehmen‹ muss.«

Vera stand auf und ging wie im Traum wieder ins Zimmer ihrer Mutter und umarmte sie ganz feste.

»Aua!«, rief die Mutter. »Man darf mich nicht so feste umarmen, das kann doch nur der Heinrich machen.«

»Wer ist denn Heinrich?«, fragte Vera. »Kennst doch deinen Vater!« »Aber der hieß doch Karl, Mutti, das hast du doch nicht vergessen?« »Ach, erzähle doch keinen Unsinn, ich werde doch noch den Namen meines Lieblings wissen.« »Er heißt aber wirklich Karl, vielleicht hast du im Moment nicht dran gedacht!«, rief Vera.

Die Mutter kam auf Vera zu und hatte dabei ein zorniges Gesicht.

»Wenn du noch einmal sagst, er heißt Karl, dann … dann ...« Sie sah Vera an und ging zu ihrem Bett und legte sich hin.

Vera wusste nicht mehr weiter und ging wieder zur Stationsschwester. Sie sagte: »Ich glaube, ich gehe jetzt nach Hause, irgendwie komme ich bei meiner Mutter nicht weiter und ich muss mich auch erst mit dieser Krankheit vertraut machen.«

Vera überlegte zu Hause bei einer Tasse Kaffee, wie sie in Zukunft mit ihrer Mutter umgehen sollte. Ihre Frage war auch: Wie geht man damit um? Und: Bekomme ich es auch?

Ob sie es wohl schaffen würde?

10. Liebe

»Ich gehe eben einkaufen«, kam aus der Küche und Horst nickte. Aber das konnte seine Frau ja nicht sehen, also rief er noch ganz schnell: »Gaby, bring mir auch ein Stückchen Kuchen mit!« Aber da war sie schon aus der Tür und Horst ärgerte sich, dass er nicht eher reagiert hatte.

Aber was soll's, Kuchen war sowieso ungesund und ein bisschen abnehmen wäre auch nicht schlecht. Nur, so ein leckeres Kuchenstück ... ihm lief das Wasser im Mund zusammen. Er stand auf und ging in die Küche, vielleicht war noch etwas Süßes im Küchenschrank, er musste jetzt und sofort etwas haben. Während er noch suchte, kam seine Frau wieder zurück und rief: »Habe auch ein Stück Kuchen für dich!« »Himmel, du bist ein Goldschatz, dafür liebe ich dich«, antwortete er und küsste sie auf den Mund.

Sie kannte doch ihren Mann und musste schmunzeln, war das nicht auch so, als sie sich kennen lernten?

Wie war das noch? Es war schon lange her und sie war erst 17 Jahre gewesen. Damals durfte man nicht so einfach ausgehen, die Eltern hatten da etwas zu sagen. Welcher Satz kam immer? »Solange du deine Füße unter meinen Tisch stellst, machst du, was ich sage.«

Trotzdem erfand sie immer etwas, damit sie ausgehen konnte. Einmal war es die Freundin, dann die Schulkameradin. Es hatte auch immer geklappt, bis ... ja, bis sie die Lüge von Tante Uschi brachte, mit der sie alte Bilder ansehen wollte. Die Eltern hatten am Abend bei Tante Uschi angerufen, ob auch alles in Ordnung sei, und da war nur Uschis Mann und der sagte: »Uschi ist doch zur Kur, habt ihr das vergessen?«

Die Eltern waren außer sich, sie warteten und um 10:00 Uhr läutete das Telefon ... Die Mutter meldete sich und bekam einen roten Kopf, legte wortlos auf und musste sich setzen. Der Vater kam zu ihr und wollte wissen, wer angerufen hatte. »Stell dir vor, Gaby hat angerufen und wollte nur Bescheid geben, dass sie bei Tante Uschi schläft«, sagte die Mutter. Sie sahen sich nur an und der Vater rief: »Die soll nach Hause kommen, aber sofort!« »Ja, wie denn, wo ist sie denn? Bei Uschi nicht«, antwortete die Mutter. Sie sahen ein, dass sie im Moment nichts machen konnten, und beide waren die halbe Nacht wach und jeder machte sich seine Gedanken, wo ihre Tochter wohl sein könnte. Hoffentlich war nichts passiert!

Gegen Morgen hörten sie unten im Flur etwas, sie standen beide auf und sahen nach. Da stand sie nun, ihre Gaby! Das schlechte Gewissen sah man ihr an und sie versuchte etwas zu sagen. Der Vater holte aus und schon hatte sie eine saftige Ohrfeige bekommen. Die Mutter rief: »Ach, jetzt ist es auch zu spät. Schlagen ist doch nur die letzte Lösung. Sieh dir nur unsere Tochter an, sie ist das schlechte Gewissen in Person. Sei froh, dass sie wieder heil bei uns ist, nur das zählt.« Dem Vater war es peinlich, ihm war einfach die Hand »ausgerutscht«. Er entschuldigte sich dafür, fragte aber jetzt nach, wo sie eigentlich gewesen war. »Du hättest doch anrufen können, wir haben uns Sorgen gemacht. Lügen finden wir gar nicht gut, denn Tante Uschi als Alibi nehmen ist doch nicht so gut. Konntest doch davon ausgehen, dass wir dort anrufen.« »Macht ihr doch sonst auch nicht«, antwortete Gaby. »Jetzt auch noch frech werden, das haben wir schon gerne. Wo warst du eigentlich?«, fragte der Vater. »Ach, der Horst hat eine Party gemacht und ich habe, weil es schon spät war, dort auf dem Sofa geschlafen.« »Wer ist denn Horst, kennen wir den? Wo kommt er her? Was macht er? Ist er noch Schüler?«, setzte der Vater seine Fragen fort. »Ja, lass sie doch erst erzählen«, meinte die Mutter, »du bringst sie ja ganz durcheinander.«

»Also«, erzählte Gaby, »der Horst ist ein ganz lieber junger Mann. Er macht eine Lehre bei der Stadtverwaltung und verdient auch schon. Und … wir lieben uns!« Jetzt war es raus! Das wollte sie doch nicht erzählen, das war noch zu früh, denn sie musste ja noch ein Jahr in die Schule gehen bis zum Abitur.

»Das kann doch nicht dein Ernst sein!«, rief der Vater. »Macht sich dieser Horst an eine Schülerin ran! Habt ihr etwa …?«

Die Mutter wurde ganz verlegen, dass der Vater so eine Frage stellte.

»Was meinst du mit: Habt ihr etwa …?«, fragte Gaby.

»Na, nicht dass du nachher noch mit einem Baby nach Hause kommst«, sagte der Vater. »Nein, du kennst doch Horst gar nicht. Der ist anständig«, antwortete die Tochter und fing an zu weinen.

»So, deine Mutter und ich werden uns beraten, was wir mit dir machen sollen. Gehe bitte so lange in dein Zimmer, wir kommen gleich zu dir.« Es dauerte nicht lange und die Eltern kamen zu Gaby ins Zimmer, setzten sich und der Vater sagte: »Wir haben uns zu Folgendem entschieden: Du bist das letzte Schuljahr in Bayern in einem Internat. Da du dann noch immer nicht 18 Jahre bist, gehst du anschließend noch ein Jahr nach Holland zu deinem Patenonkel Gregor und Tante Hilde. Dort machst du ein Jahr Au-pair, denn sie haben noch zwei kleine Kinder. Was dann mit dir passiert, hängt von dir ab.« Gaby war traurig, was würde Horst dazu sagen? Darf ich ihn dann nicht mehr sehen? Laut fragte sie: »Und Horst?« Die Eltern sahen sie an und die Mutter gab zur Antwort: »Ich werde mit deinem Horst dann sprechen. Er wird es sicher verstehen. Falls er dich so liebt, wie du sagst, dann kann er warten.«

Die Eltern gingen aus dem Zimmer und Gaby war alleine. Es war wie in einem schlechten Traum, nur dieser war

Wirklichkeit. Sie musste Horst noch einmal sehen, bevor sie wegmusste. Sie horchte zum Flur hinunter und schlich sich auf Strümpfen die Treppe hinunter. Die Eltern waren in der Küche und konnten sie nicht sehen. Sie nahm ihre Jacke vom Garderobenständer und ging schnell nach draußen. Dort merkte sie, dass sie keine Schuhe mitgenommen hatte. Das war aber nun auch egal, Hauptsache, sie konnte Horst sehen.

Bei ihr zu Hause hatte die Mutter das Abendessen vorbereitet und der Vater deckte schon den Tisch. Die Mutter rief nach oben: »Gaby, komm in die Küche, Abendessen ist fertig!« Keine Antwort. Der Vater ging nach oben und klopfte an Gabys Tür: »Kommst du herunter?« Als er immer noch keine Antwort bekam, ging er ins Zimmer und sah, dass es leer war. Wütend ging er nach unten und rief in die Küche: »Gaby ist weg, sie ist bestimmt zu diesem Horst gegangen! Ich gehe da jetzt hin, kennst du die Adresse?« »Nein«, sagte die Mutter, »da haben wir vor lauter Aufregung nicht gefragt, wo dieser Horst wohnt.« Da standen sie nun, sie konnten nur warten. Nur der Vater ging noch einmal nach oben ins Zimmer und sah auf Gabys Schreibtisch nach, vielleicht gab es da eine Rufnummer. Richtig, da lag etwas, ein kleiner Zettel mit Rufnummer. Er ging damit die Treppe hinunter und in die Küche zu seiner Frau. »Hier haben wir eine Rufnummer, hoffentlich ist es auch die von diesem Horst«, sagte er. Er setzte sich an den Küchentisch und wählte die Nummer. »Hallo«, meldete sich eine Stimme. »Wer ist denn da?«, fragte er nach. »Stein, und wer ist da?« »Wohnt bei Ihnen ein junger Mann mit dem Namen Horst?«, kam die nächste Frage. »Ja, was wollen Sie von meinem Sohn?« Da hatte er genau den Richtigen, er stellte sich vor, und seine Frage war, ob seine Tochter vielleicht bei ihnen sei. Sie war tatsächlich da und die Eltern von Horst hatten auch nichts gegen Gaby. Nur der Vater war nicht damit einverstanden und sagte: »Bestellen Sie meiner Tochter Folgendes: Sie soll wieder nach Hause kommen, wir schimpfen auch nicht. Nur das letzte Jahr soll sie im Internat verbringen. Schließlich soll sie einen guten Abschluss machen und auch ihren Wunschberuf als Apothekerin erlernen. Falls sie sich dann immer noch lieben, dann habe ich auch nichts dagegen. Auch für ein Mädchen in der heutigen Zeit ist es wichtig, eine Ausbildung und einen Beruf zu haben.« Gaby hatte auch mitgehört und war froh, dass die Eltern nicht mehr böse auf sie waren. Sie hatte auch mit Horst gesprochen, er fand es auch gut, dass sie nach München geht. Er hatte ihr aber auch erzählt, dass er ab nächstem Monat für eine halbjährige Ausbildung in München sein würde. Das wollte sie ihren Eltern aber nicht sagen und sie freute sich jetzt richtig auf München. Das Internat dort war gar nicht so schlimm, wie sie es sich gedacht hatte. In der Freizeit konnte sie sich mit Horst treffen, obwohl es im Anfang schwierig war, eine gute Ausrede für die Nachmittage zu erfinden. Das Internat wollte alles wissen, denn man fühlte sich für die Schüler verantwortlich. Für eine gute Nachhilfe gab es immer frei und so konnte sie ihren Freund treffen und Zukunftspläne schmieden. Das Jahr verging im Fluge und zwei Tage nach ihrem 18. Geburtstag kam sie wieder nach Hause. Die Eltern freuten sich sehr, zumal sie Gaby nur zweimal hatten besuchen können, denn sie musste ja auch nachmittags zum Unterricht. Wenn sie das gewusst hätten, aber so waren sie zufrieden und Gaby war es auch!

Ja, so war es. Sie mussten auch schnell heiraten, denn Gaby war schwanger und schon im 4. Monat. Die Eltern rechneten nach und kamen immer auf ein Ergebnis: Es kann doch nicht sein, Gaby in München und Horst hier im Ort.

Viel später, nach der Geburt des Sohnes, erzählte Gaby ihnen alles und sie mussten doch lachen. Was Liebe alles bewirken kann!

11. Versammlung

Die Versammlung hatte beschlossen, dass die Vereine der örtlichen Feuerwehr, des Schützenvereins und des Gesangvereins zusammengelegt werden sollten. Kerstin war in dieses kleine, beschauliche und oft verschlafene Dorf gezogen. Ihr Mann wollte erst nicht »vom Leben«, so wie er es ausdrückte, in dieses Haus ziehen. Er war Großstadtleben gewohnt, hatte in einem Hochhaus in der Stadtmitte gewohnt und konnte sich ein »ruhiges Leben« nicht vorstellen. Aber sie hatten schnell Anschluss gefunden, die Nachbarn waren alle nett und hilfsbereit und Kerstin war in einer Frauengruppe tätig, die sich um ältere Mitbewohner kümmerte. Er war in jeden Verein eingetreten, nur dass er dann immer irgendeinen Posten, wie Vorsitzender oder Kassierer, annahm, da hatte er nicht mit gerechnet. So war aber das Dorfleben! Die einzige Wirtschaft wurde auch geschlossen, die Wirtin hatte sich entschlossen, in die Stadt zu ziehen und wieder zu heiraten. Das wurde ein Gerede und Getuschel im Dorf. Wie konnte sie einfach wegziehen, hatte sie nicht eine Verantwortung den Dörflern gegenüber? Kerstin konnte nicht verstehen, dass die Leute so dachten, denn die Wirtin hatte auch ein Recht auf Glück. Inzwischen wurde abgestimmt und alles zur Zufriedenheit der Leute beschlossen. Endlich kam das Essen und einige am Tisch meckerten schon, wieso das Gerede so lange dauerte, schließlich hatte man nichts zu Hause gegessen. »Haben Sie auch Hunger?« War das eine dämliche Frage, warum stand sie denn hier? Sie brauchte nicht zu antworten, denn die Reihe ging schon wieder weiter. Karin bekam mit, dass sich ein Ehepaar über die Tischdecken begeistert unterhielt. Sie: »Ach, die sind aber schön weiß.« Er: »Kann man die wohl waschen?« Karin musste laut lachen, Papiertischdecken waschen? Kann ja mal einer versuchen. Vielleicht hatten die beiden schon einen Schnaps getrunken, denn den gab es schon vor dem Essen.

Karin war endlich am Büfett und sie machte sich den Teller voll mit köstlichen Kleinigkeiten. Sie setzte sich wieder an den Tisch, schob ihren Teller über die Tischdecke und was passierte? – Ein großes Loch in der Decke.

Ein junger Mann, der Gärtner im Dorf, hatte es gesehen und fragte ganz ernst: »Soll meine Nachbarin Walburga das Loch nähen? Ich kann es auch gerne ausschneiden!«

Karin guckte ganz verdutzt und plötzlich fing alles an zu lachen.

So eine Versammlung kann auch lustig sein, dachte sich Karin. Das Dorfleben ist in mancher Hinsicht bemerkenswert.

Sie und ihr Mann waren die letzten Gäste und kamen erst in der Nacht nach Hause. Sie fragte ihren Mann: »Ist doch ganz schön gewesen?« Er: »Ja, hätte ich nicht gedacht.« »Siehst du«, meinte sie, »geht doch!«

12. Kaffeetrinken

Rita fuhr mit dem Auto zum »Kaffeeklatsch« und freute sich schon auf die beiden anderen Frauen. Sie stieg aus dem Auto und da rief jemand: »Na, dich sieht man ja auch nicht mehr! Wo treibst du dich denn rum?« Rita drehte sich um und sah eine Nachbarin auf sich zukommen. Na toll, ich habe doch keine Zeit, Hedwig wartet doch bestimmt mit dem Kaffee. Ob Wilhelmine schon da war? Sie drei trafen sich jeden Monat zum Frühstück und einmal zum Kaffeetrinken.

»Ja, dich habe ich auch lange nicht mehr gesehen«, antwortete sie. »Wie geht es denn so?«, wurde gefragt. »Na«, meinte Rita, »wie soll es einer alten Frau auch gehen?« »Ja, das mit dem alt ist doch noch lange hin«, meinte die Nachbarin. Sie erzählte von ihren Krankheiten, von ihren Kindern und Enkeln. Rita wollte nicht unhöflich sein, aber jetzt wurde es Zeit, sie wollte endlich weitergehen. Sie sagte: »Du, ich muss jetzt aber los, man wartet schon auf mich.« »Ach, habe ich dich aufgehalten?«, fragte die Nachbarin. »Na«, dachte Rita, »da will ich mal nicht so sein und sage nichts darauf.« Mit einem Lächeln auf dem Gesicht ging sie durchs Tor. »Endlich«, so wurde sie empfangen, »wir warten schon auf dich!« »Ach, Hasi«, so nannte man Hedwig, »musste noch bei einem Weltschmerz helfen.« Sie ging in die Küche und begrüßte Wilhelmine, die schon ihr erstes Glas Sekt ausgetrunken hatte und davon immer rote Wangen bekam. Außer einer Flasche Sekt standen noch Kuchen und Kaffee auf dem Tisch. So, jetzt konnte es anfangen und die erste Frage, die in den Raum gestellt wurde: »Was gibt es Neues im Dorf?«

»Nichts«, sagte Wilhelmine, »bei dem Wetter sind alle im Haus und warten nur darauf, endlich in den Garten zu gehen.« »Was machen die denn den ganzen Tag im Haus? Man kann doch nicht nur putzen?«, fragte Rita. »Ja«, sagte Hasi, »die werden ihre Männer ärgern. Habe so etwas gehört, denn es ist bewiesen, so stand es im Internet, wenn Ehefrauen ihre Männer fürchterlich ärgern, dass diese dann eher sterben.« »Aha«, dachte Rita, »deshalb gibt es so viele Witwen!« Sie sagte aber: »Die armen Männer!« »Wie?«, rief Wilhelmine. »Meiner ist auch schon lange gestorben, den habe ich aber nicht geärgert. Im Gegenteil, mir wurden dauernd Vorschriften gemacht und nichts war gut gemacht. Mal war das Essen zu kalt, mal nicht genug Fleisch oder die Wohnung war ihm zu warm. Wer schreibt denn solche Sachen? Der gehört doch woanders hin!« »Jetzt reg dich doch nicht so auf!«, rief Rita. »Es ist doch gar nicht bewiesen, ob es so ist. Aber es gibt Frauen, die sind unausstehlich, obwohl Männer das auch können. Da heißt es: ›Was machst du jetzt?‹ ›Wo gehst du hin?‹ Oder: ›Warum fährst du nicht schneller?‹ Ich habe da auch meine Erfahrungen. Zum Beispiel: Ich fahre an eine Kreuzung, und schon heißt es: ›Pass auf!‹, aber rechts ist frei. Oder es wird auf den Steuerknüppel gepackt, das heißt: Umschalten. Was mache ich nur ohne ihn? Kann ich denn alleine Auto fahren?«

Hasi rief: »So, jetzt trinken wir erst ein Glas Sekt, dann werden wir wieder locker«, und schenkte die Gläser voll. Es blieb nicht bei diesem Glas und Rita hatte Mühe, sich auf das Spiel zu konzentrieren. Sie hatten auch ausgemacht, nicht nur Kaffee zu trinken, sondern auch zu spielen. Entweder »Mensch ärgere dich nicht« oder zum Beispiel »Pack den Esel«. Da waren sie gerade und es passte nichts, Rita konnte ihre Hand nicht mehr ruhig halten, ewig fielen die Stangen wieder vom Esel runter.

So locker wollte sie eigentlich nicht werden!

13. Autofahrt

»Ha, ich habe den Schlüssel zuerst«, dachte sie. Die Hinfahrt würde sicher lustig, schönes Wetter, die Straßen frei, was wollte man mehr? »Hast du den Schlüssel?«, rief ihr Mann und kramte in der Schublade. »Was suchst du denn noch?«, rief sie zurück und schüttelte nur den Kopf. »Wir müssen los! Ich fahre die erste Strecke, komm endlich!«, sagte sie. »O.k., dann lass uns endlich fahren«, kam als Antwort. Nein, was sage ich denn die ganze Zeit? Hört er denn nie zu? Ich muss mir wieder einige »Hör-mir-doch-zu-Bälle« fertigen, dachte sie bei sich. Wenn er mal wieder nicht zuhört, dann schmeiße ich den Ball. Wetten, dass? Habe ich ja schon oft erlebt, das wirkt immer.

Endlich im Auto! »Was müssen wir machen?«, fragte er. »Uhrenvergleich, Navi einstellen.« »Sind die Taschen alle drin?«, Gegenfragen von ihr. Nach langem Hin und Her konnte sie endlich starten. In der ersten halben Stunde war noch alles friedlich, dann fing er an: »Ich drehe mal die Heizung höher, mir ist kalt.« »Das machst du nicht, ich bekomme dann immer meine Schweißausbrüche«, entgegnete sie. »Dann drehe doch das Radio lauter, ich höre nichts. Da kann man auch alles ausmachen.« »Nein«, sagte sie, »manches Gedudel geht mir auf die Nerven, ich kann das nicht ertragen. Außerdem haben wir doch unseren Hund hinten drin, der fährt mit, der kann lautes Gegröle nicht ab.« Hund?! Saß der etwa noch auf dem Bürgersteig? Sie bremste ab und fuhr direkt zurück nach Hause. »Wieso hast du unseren Hund vergessen?«, rief sie. »Wieso ich? Du hast doch eingepackt«, entgegnete er. »Seit wann packt man einen Hund ein?«, schrie sie. Es war zum Heulen, das fing ja wieder gut an. Zu Hause saß unser Paul mit dem Nachbarkind auf der Treppe vorm Haus. »Darf der bei mir bleiben?«, fragte sie. »Tut mir leid, aber das geht nicht. Wenn wir wieder da sind, kannst du mit ihm spielen.« »Hopp!«, rief ihr Mann und Paul sprang ins Auto. Endlich!

Es ging wieder von vorne los. Nur diesmal wurde lange Zeit nichts gesagt, bis zur Kreuzung, da schrie ihr Mann: »Da kommt einer!« Sie: »Meinst du, das sehe ich nicht? Ich bin doch nicht blöd!« »Das habe ich auch nicht gesagt, außer du stellst dich so an.« Peng! Das saß aber richtig. Sie rief: »Ja, wenn du das meinst, das bist du aber erst richtig. Denn ich passe mich nur dem Partner an. Du kannst ja aussteigen, wenn es dir nicht passt.« »Ja, mache ich auch«, antwortete er. Sie fuhr an den Straßenrand, hielt an und sagte: »Bitte schön.«

Da hatte er aber nicht mit gerechnet. Er wollte sich aber nicht unterkriegen lassen und machte die Beifahrertür auf. Sie macht das doch nicht, sie fährt nicht weg. Er steigt aus und macht die Tür wieder zu.

Sie startet und fährt los, die Augen voller Tränen. »So ein Schuft!«, denkt sie und fährt zum nächsten Ort. Dort hält sie an und überlegt, eigentlich muss sie wieder zurück und dann mit ihm reden. Gedacht, und schon wendet sie und fährt die ganze Strecke wieder zurück. Da sieht sie ihn schon, er sitzt auf dem Bürgersteig, hat die Hände vor dem Gesicht und es sieht aus, als wenn er weinen würde. Sie hält an und steigt aus, läuft zu ihm hin und sagt: »Du musst aber nicht weinen, bin doch wieder da.« Da macht er die Hände herunter und lacht ganz laut und ruft: »Ich habe dich ankommen sehen, da wollte ich doch wissen, wie du auf einen weinenden Ehemann reagierst.« »Also, das hat die Welt noch nicht gesehen, so einen Ehemann gibt es nur einmal«, sie sah ihn dabei an und beide mussten dann wieder lachen. Sie sahen ein, dass ein Streit nie schön ist, aber die Versöhnung umso besser. Sie stiegen wieder ein und weiter ging es. Auf der Autobahn sagte ihnen das Navi:

»Bitte wenden!« Jetzt wenden? Das war aber wohl unmöglich. »Erika«, so nannte sie das Navi, »halt die Klappe und überlege dir, was du sagst.« Sie fuhren von der Autobahn ab und in den nächsten Ort. Dort wollten sie ein paar Tage verbringen, aber wo war das Hotel? Endlich hatte ihr Navi den Weg gefunden, aber was war das? Sie waren auf einem Acker gelandet und die Frechheit war: »Fahren Sie 500 Meter bis zum Ziel!« »Ob wir heute noch ankommen?«, sagte sie scherzhaft und er schmunzelte nur.

Am Eingang des Hotels stand ein Mann und schaute ihnen zu, wie sie den Koffer aus dem Auto holten, und auch Paul wurde nicht vergessen. Beide drehten sich um und riefen erstaunt: »Was machst du denn hier?« »Da habt ihr wohl nicht mit gerechnet, dass ich auch hier bin. Habe so meine Quellen und mir gedacht, als alter Onkel kann ich Hundesitter spielen, wenn ihr mal alleine sein wollt.«

Das war die beste Idee und sie bedankten sich schon im Voraus bei ihrem Onkel.

Die vier Tage waren unvergesslich!

14. Fernsehabend

»Jetzt machen wir es uns gemütlich, es ist Freitagabend, Krimiabend«, sagte Iris zu ihrem Mann. Der hatte sich gerade ein Stück Schokolade in den Mund gesteckt und murmelte: »Ja, ich freue mich auch schon.«

Sie holten sich eine Flasche Wein und Gläser, auch zum Knabbern hatte sie etwas. Beide setzten sich fast gleichzeitig aufs Sofa und er schaltete den Fernseher ein. Aber es tat sich nichts, die Mattscheibe blieb dunkel. »Was hast du denn wieder gemacht?«, fragte sie. »Ich, was soll ich denn gemacht haben? Und was heißt wieder?«, antwortete er, stand auf und ging zum Fernseher. Das fing ja wieder gut an, dachte er. Sah hinten nach dem Stecker. Da war ja schon das Übel, er war nicht richtig drin. Steckte ihn ein und schon flimmerte die Mattscheibe. »Nicht ich, sondern du hast den Stecker beim Saubermachen herausgezogen«, sagte er ihr. »Das kann ja gar nicht sein, immer ich!«, rief sie. Beide sagten aber nichts mehr, sonst wäre der Abend schlecht ausgegangen und das wollte keiner von ihnen. Er schaltete den Sender ein und jetzt konnte es mit der Gemütlichkeit losgehen. Sie kuschelte sich an ihn, mit dem Glas in der Hand, und sagte: »Ist doch schön so, wir zwei auf dem Sofa, ein schöner Film und ein Glas Wein.« »Ja«, antwortete er, eigentlich wollte er jetzt nicht mehr reden, sondern den Film im Fernseher genießen.

»Was war das?«, rief sie ganz aufgeregt. »Da war doch ein Blitz?« »Ach nein, jetzt gucke nicht in Richtung Fenster, sondern sieh dir den Film an«, sagte er.

»Da, schon wieder!«, schrie sie. »Mach mich jetzt nicht verrückt. Lass es blitzen, wie es will, wir wollten einen gemütlichen Abend machen, also lass nur Blitze kommen. Die tun nämlich nichts, wir sind gut abgesichert.«

Kaum hatte er das ausgesprochen, gab es einen Knall und ein Zischen, der Fernseher war dunkel. »Siehst du, habe ich dir doch gesagt, dass es draußen blitzt. Du wolltest ja nicht hören, jetzt bist du daran schuld, wenn der Fernseher kaputt ist.«

Er stand auf und ging nach oben zum Zählerkasten, vielleicht war ja nur eine Sicherung raus. Aber da war alles in Ordnung und er versuchte noch einmal über die Fernbedienung einen Sender hereinzubekommen. Es tat sich aber nichts und er sagte: »Wir müssen uns wohl einen neuen Fernseher kaufen.« »Wenn ich das gewusst hätte, dass du mir nicht glaubst ...«, weinte sie. »Was wäre dann? Hättest du mich nicht geheiratet? Nur wegen diesem dusseligen Fernseher. Wieso können wir es uns nicht auch so gemütlich machen? Wir haben lange keine Karten mehr gespielt. Was meinst du? Höre aber jetzt auf zu weinen.« »Trotzdem, gib wenigstens zu, dass du Unrecht hattest.« »Ja, meinetwegen«, antwortete er.

»Warum ist ein Zusammenleben oft so schwierig? Dabei sind es doch nur Kleinigkeiten, um die man sich streitet. Ich habe es ja nicht so leicht mit ihr«, denkt er sich, »aber heiraten würde ich sie jederzeit wieder!«

15. Früher

»Früher war alles besser«, sagte Erika. Viele nickten. Sie waren sechs Frauen und saßen im Café »bei Renate« und hatten sich Sahnetorte und Kaffee bestellt. »Habt ihr etwas von Gisela gehört?«, fragte Maria. »Ach, die hat doch nur Ärger mit ihrer Tochter. Die will, dass ihre Mutter in eine andere Wohnung zieht, denn die Tochter braucht das ganze Haus. Sie möchte sich als Fußpflegerin selbstständig machen und da stört die Mama«, erzählte Gaby. »Ja, bei mir ist es nicht anders, früher habe ich alles für meine Kinder gemacht und was ist der Dank? Ewig bekomme ich gesagt, ich verstehe doch nichts vom modernen Leben. Was soll das eigentlich heißen? Soll ich mir jetzt auch wie meine Tochter die Lippen aufspritzen lassen? Dabei sieht das richtig komisch aus, ich will ja nichts gesagt haben. Vielleicht nehme ich auch dieses Botox oder wie das heißt. Dann suche ich mir wieder einen Mann, aber mit Geld«, sagte Karin. »Ach du große Güte, das hat man doch früher alles nicht gebraucht, wir waren auch so immer schön. Wir hatten eine natürliche Schönheit und waren in jungen Jahren bei den Herren gefragt. Wisst ihr noch? Der schöne Erwin, der hatte an jedem Finger eine andere Frau. Mich wollte der auch haben, aber da habe ich ihn abblitzen lassen. Da hatte er nicht mit gerechnet, er kam sogar zu mir nach Hause und meine Mutter holte ihn auch noch ins Wohnzimmer. ›Ach, Sie haben eine schöne Wohnung, gnädige Frau.‹ Der säuselte nur so und meine Mutter fühlte sich geschmeichelt. Bis der Vater ins Zimmer kam und sich den Burschen mal näher betrachtete. ›Was wollen Sie von meiner Frau?‹, fragte er und Erwin antwortete: ›Ich möchte um die Hand Ihrer Tochter anhalten.‹ Er wurde ganz rot dabei, eigentlich wollte er das gar nicht sagen. ›Meine Tochter Hermine ist für Sie nicht zu haben, da suchen wir unseren Schwiegersohn woanders aus.‹ So fing das alles an«, erzählte Hermine, »ich hatte das alles im Nebenzimmer mitbekommen und musste dauernd lachen über so einen Unsinn.«

»Herrlich«, sagte Erika, »ich kann auch etwas von früher erzählen. Als ich so 17 Jahre war, lernte ich einen netten jungen Mann im Bus kennen. Er sprach mich einfach an, ob er nicht einmal mit mir tanzen gehen könnte. Damals war ich noch so naiv und habe alles geglaubt und war furchtbar stolz darauf, dass mich jemand angesprochen hatte. Habe ihm einfach zugesagt und wir machten einen Treffpunkt aus. Zu Hause musste ich eine Ausrede erfinden, damit ich weggehen konnte. Der Abend fing gut an, wir waren erst essen und dann ging es in die Disco. Am Eingang stand jemand, der nach dem Alter fragte: ›Erst ab 18 Jahre kann man hier herein, vorher nicht.‹ Er sagte mir, dass er als Erster reingeht und ich hinten herum kommen sollte. Dort gab es einen Nebeneingang, den würde er von innen aufschließen. Gesagt, getan und ich sage euch, es hat geklappt. Es wurde ausgelassen getanzt und ich sah zwischendurch auf die Uhr, denn ich konnte nicht zu spät nach Hause kommen. Er wollte aber noch bleiben und mich dann später auf dem Heimweg begleiten. Endlich war es so weit, denn alleine im Dunkeln wollte ich auch nicht gehen. Er fasste mich unterwegs um meine Taille, drehte sich zu mir um und versuchte mich zu küssen. Aber ich hatte noch keine Ahnung, wie man das macht, und stellte mich ziemlich dumm an. Ergebnis war: eine blutende Lippe. Das war aber noch nicht alles, er zerrte mich mit Gewalt ins nächste Gebüsch und es geschah etwas für mich Schreckliches«.

»Mein Gott, liebe Erika, was hast du da mitgemacht! Das haben wir ja gar nicht gewusst. Erzähle weiter, was dann geschah.«

»Ja«, sagte Erika, »ich hatte keine Ahnung, wie ich das zu Hause erklären konnte. Ich sah zerzaust aus, mein Kleid war zerrissen und dann tat mir im Unterleib alles weh. Er war einfach weggelaufen und hatte mich alleine gelassen. Es hat eine Zeit gedauert, bis ich zu Hause ankam. Meine Mutter war noch auf und hatte gewartet. Als sie mich sah, ahnte sie Furchtbares und ich war so froh, dass ich das jemandem erzählen konnte. Mein Vater war wach geworden und kam ins Zimmer. Als er alles erfahren hatte, fragte er nach dem Namen des Mannes. Da fing ich an zu weinen und sagte nur, dass er Erich heißt, dass ich aber keinen Nachnahmen oder Adresse von ihm wusste.

›Na, hat man so etwas schon erlebt?‹, donnerte der Vater los. ›Wir gehen jetzt zur Polizei, den zeigen wir an. Dass du aber auch keinen Namen oder Adresse von diesem Erich kennst, das ist schon richtig naiv.‹«

Die Mutter wollte ihre Tochter unterstützen und sagte: »Das ist doch jetzt passiert, was soll sie da noch machen?« Der Vater zog sich an und Erika musste mit zur Polizei, ob sie wollte oder nicht.

»Und wie ging es weiter?«, fragte Hermine. Erika erzählte weiter: »Bei der Polizei musste ich alles erzählen, was passiert war. Es war ganz schön peinlich, solche Dinge zu erzählen. Der Erich war verschwunden, aber ich bin dann für ein Jahr zu meiner Tante nach Holland gezogen. Könnt ihr euch vorstellen, warum?« Hermine nickte und sagte: »Hast du etwa ein Kind von diesem Schuft bekommen?« Gaby sagte noch: »Wo ist das Kind, wir haben dich aber nicht mit Kind gesehen.« Erika antwortete: »Das habe ich bei meiner Tante in Holland gelassen. Denn hier sollte das keiner wissen, aber noch einmal würde ich es nicht machen. Das Kind, es ist ein Junge, müsste dann auch zu mir nach Deutschland.« »Hast du denn Kontakt zu diesem Kind?«, wurde gefragt. »Ja, er ist nun auch schon über 40 Jahre und wir haben guten Kontakt miteinander. Er wohnt immer noch in Holland, ist dort verheiratet und ich bin sogar schon dreimal Oma geworden. Meinem späteren Mann und den Kindern habe ich es dann auch erzählt und keiner hat mich deshalb böse angesehen. Deshalb erzähle ich den jungen Leuten auch, dass sie nicht einfach so mitgehen sollen. Die meisten von ihnen sind heute viel aufgeklärter, als ich das früher war. Also für mich gilt es nicht: Früher war alles besser.«

Gaby war ganz ruhig geworden und überlegte, ob sie ihre Geschichte erzählen sollte. Sie wollte aber nicht zurückstehen und begann: »Ich habe auch etwas zu erzählen, meine Lieben. Früher war alles besser, das kann ich auch nicht sagen. Bin als junges Mädchen viel zum Tanz gegangen, war mehrmals in der Woche in der Disco. Man kannte mich schon, wusste auch, was ich trinken wollte. Eines Abends lernte ich auch einen netten jungen Mann kennen. Von ihm wusste ich aber den Namen und Adresse, nicht so wie bei Erika. Es war auch noch üblich, in der Disco zu rauchen, und klar, ich wollte doch alles mitmachen. Er bot mir eine Zigarette an und die sah aus wie selbst gedreht. Habe ihn auch gefragt, aber er lächelte nur und sagte, ich solle es probieren. Tatsächlich, nach dieser Zigarette war alles so leicht, die Leute um mich herum zeigten fröhliche Gesichter und ich wollte alle einfach küssen. Wieder zu Hause war mir irgendwie schlecht und ich ging ganz schnell in mein Zimmer. Es sollte keiner mitbekommen, was mit mir war.

Nächsten Morgen war ich schlecht gelaunt und meine Mutter meinte noch, ob ich schlecht geschlafen hätte. Am Nachmittag rief ich meinen neuen Freund an und fragte, ob er vielleicht noch so eine Zigarette hätte. So kam es, dass ich nicht mehr ohne konnte und dazu kam noch, dass ich die Zigaretten bezahlen musste.

Da ich nicht so viel Geld hatte, nahm ich heimlich bei meiner Mutter Geld aus der Börse und bei meinem Vater auch. Zuerst waren es nur kleine Beträge, aber diese wurden immer größer, je mehr ich an Zigaretten brauchte. Außerdem wollte ich nicht mehr zur Schule, bin zum Beispiel einfach nach der 3. Stunde nach Hause. Meiner Lehrerin habe ich erzählt, dass mir schlecht ist.

Nur, das konnte auch nicht immer gut gehen. Irgendwann kam ein Anruf von der Schule, was ich denn nun wirklich hätte. So oft nach Hause zu gehen oder nicht zur Schule zu kommen. Meine Eltern waren erstaunt und ärgerlich, denn so etwas hätten sie von mir nicht gedacht. Es war ihnen auch aufgefallen, dass Geld fehlte, und so kam alles raus, aber das Schlimmste war, dass ich die Zigaretten brauchte. Damals gab es auch schon eine Suchtberatung und meine Eltern gingen mit mir da hin. Ich kam in eine Suchtklinik und habe es überstanden und nie mehr diese Zigaretten angerührt. Aus heutiger Sicht, jetzt da ich keine junge Frau mehr bin, kann ich darüber sprechen.« Hier endete Gabys Erzählung und alle sahen sie mitleidig an. Hermine schaute in die Runde und fragte: »Hat noch jemand etwas zu erzählen? Wenn nicht, ich bin auch bereit dazu.« Hermine wollte gerade beginnen, da rief Erika: »Sollen wir nicht erst einmal noch ein Stück Kuchen bestellen? Irgendwie habe ich vom Erzählen Hunger bekommen.« »Ja«, riefen sie, »das können wir machen, wir wollen heute keine Kalorien zählen.« Jeder bestellte sich noch ein Stück und als alles auf dem Tisch stand, sahen alle gespannt zu Hermine hin. Diese begann zu erzählen: »Meine Jugend war richtig toll. Wir wohnten auf dem Lande und ich konnte mit meinem Bruder und den Nachbarkindern überall spielen. Ob es jetzt am Bach war oder im nahen Wald. Obwohl, wir gingen alle nicht so weit hinein, denn da hatten doch alle Angst, dass sie sich verlaufen oder ein Räuber kommt daher.« »Was, ein Räuber«, lachte Erika, »das gibt es doch auch nur im Märchen.« »Lass sie doch weitererzählen!«, rief Karin.

»Eines Tages waren alle Nachbarkinder und mein Bruder auf einem Geburtstag, nur mich hatten sie nicht eingeladen. Ich war traurig und ging alleine zu einer großen Wiese, aber was sollte ich alleine spielen? Ich sah zum Wald, dort hörte ich die Vögel zwitschern und wollte näher rangehen. Vielleicht sah man ja einen seltenen Vogel und ich konnte später davon erzählen. Ich ging weiter und achtete nicht mehr auf den Waldweg, als ich plötzlich meinen Namen hörte. Das konnte doch nur mein Bruder sein, aber ein junger Mann kam mir entgegen und sagte: ›Hermine, kennst du mich nicht mehr?‹ Ich verneinte und er hatte ein Tuch in der Hand und ehe ich mich's versah, hatte er es mir vors Gesicht gehalten und ich schlief ein.

Als ich wieder wach wurde, lag ich auf einem Bett in einer Hütte. Der junge Mann stand vor mir und sagte: ›Bist ja endlich wach geworden, du hast richtig lange geschlafen. Das war aber auch gut so, denn da konnte ich deine Eltern anrufen und Geld für die Freilassung fordern.‹ ›Aber du tust mir doch nichts?‹, fragte ich bange. ›Nein, hab keine Angst, es sei denn, du fängst an zu schreien, da kann dir vielleicht etwas passieren.‹ ›Nein‹, sagte ich, aber die Angst war doch groß bei mir und ich fing an zu weinen.

Der junge Mann ging wieder nach draußen, verschloss die Tür und auf einmal hörte man ein Schreien und Rufen: ›Stehen bleiben! Hände hoch!‹

›Ich ging ans Fenster‹, erzählte Hermine weiter, ›da sah ich Polizei und meine Eltern kamen angelaufen und versuchten die Tür zu öffnen.‹ ›Hermine, geht es dir gut?‹, riefen sie und man konnte an ihren Stimmen erkennen, wie viel Sorge sie um ihre Tochter hatten.

Die Polizei hatte den Entführer festgenommen und holte sich bei ihm den Schlüssel für die Hütte. Sie öffneten die

Tür und meine Eltern umarmten mich und alle mussten vor lauter Freude weinen.«

»Wie hat die Polizei das herausbekommen?«, fragte Karin. Hermine antwortete: »Dieser junge Mann hatte mit meinen Eltern per Handy gesprochen und darauf hingewiesen, dass er der Tochter in der Hütte im Wald nichts tun würde, wenn sie zahlten. Diese Hütte im Wald konnte doch nur die Hütte vom alten Huber sein, der dort bis zu seinem Tod gelebt hatte. Zum Glück war es dann auch so und ich konnte wieder befreit werden.

So, das war meine Geschichte«, sagte Hermine. »Wir haben uns jetzt aber alles erzählt, aber das ist richtige Freundschaft, das lassen wir uns von keinem mehr nehmen.« Sie bestellten sich noch alle ein Glas Sekt, denn das hatten sie sich verdient und waren sich einig:

Früher war auch nicht alles besser!

16. Beim Zahnarzt

Sanne, so wurde Susanne im Freundeskreis genannt, hatte seit Tagen Zahnschmerzen. Es ging kein Weg daran vorbei, sie musste einen Termin bei ihrem Zahnarzt ausmachen. Es sollte schon am nächsten Tag sein. Die Nacht davor war an einen ruhigen Schlaf nicht zu denken. Immer schreckte sie hoch, weil ihr im Traum alle Zähne mit einer großen Zange herausgerissen wurden. Sie fühlte nach, ob es wirklich passiert war, und schlief dann wieder beruhigt ein.

Am nächsten Morgen nach dem Frühstück wurden noch einmal schnell die Zähne geputzt und sie konnte sich auf den Weg machen. Sie wollte auch mit dem Bus fahren, denn mit dem Auto traute sie sich nicht, weil sie vor lauter Angst zittrige Hände hatte. Der Busfahrer gab ihr eine Fahrkarte und sie sollte sie entwerten. Aber wo? Sie war seit Jahren nicht mehr mit dem Bus gefahren. Sie wollte sich nicht blamieren und ließ es einfach sein und steckte die Karte in die Jackentasche. Beim nächsten Halt stieg ein Mann ein und der ging nach hinten, stellte sich vor und sagte: »Fahrkartenkontrolle, bitte zeigen Sie mir Ihre Karte.« So ging er von Fahrgast zu Fahrgast, bis er dann zu Sanne kam. Sie zeigte ihm die Karte und er meinte: »Die ist ja gar nicht abgestempelt, Sie wollten wohl das nächste Mal erst entwerten und heute umsonst fahren? Da sagen Sie mir jetzt Ihren Namen und Anschrift, Sie bekommen dann einen Bescheid über 40,00 Euro Strafe.« Sanne wurde rot und antwortete: »Ich fahre sonst nie mit dem Bus, ich wusste nicht, wo ich entwerten sollte.« »Die Ausrede hatte ich auch noch nicht. Das ist ja etwas ganz Neues«, meinte der Kontrolleur. »Sie können auch sofort bezahlen, wenn Sie das Geld haben«, sagte er. »Zeigen Sie mir erst, wo ich die Fahrkarte entwerten kann, damit ich das dann kenne«, sie sah ihn fragend dabei an. Die anderen Fahrgäste hatten das Gespräch aufmerksam verfolgt und fingen an zu lachen, das war für sie ein schöner Tagesanfang. Da konnte man nachher auf der Arbeit etwas erzählen. Sanne sah die Reaktionen der anderen und ihr Gesicht wurde wieder rot und sie bekam jetzt auch noch Schweißausbrüche dazu. Warum war sie eigentlich mit dem Bus gefahren? Das fing schon gut an, erst 40,00 Euro bezahlt und das Schlimmste kam sicher noch.

Sanne war froh, als ihre Haltestelle kam und sie aussteigen konnte. Beim Zahnarzt musste sie noch warten und ruhiger war sie auch nicht geworden. Im Gegenteil, sie zitterte vor Aufregung am ganzen Körper und dann kam der Aufruf: »Susanne Weber, bitte in Sprechzimmer 2!«

Da saß sie nun auf dem Stuhl und wartete auf den Arzt. Ihre Hände hatte sie wie beim Beten gefaltet. Der Zahnarzt sah es beim Hineinkommen und sagte zur Helferin: »Da hat aber jemand Angst! Hallo, Frau Weber, dann machen Sie mal Ihren Mund auf.« »Nur reingucken, nicht anfassen«, sagte Sanne. »Dann tschüss«, antwortete der Arzt und wollte ihr die Hand geben. »So war es auch nicht gemeint, habe doch rechts unten Schmerzen«, Sanne sah ihn dabei ängstlich an.

»Dann wollen wir mal erst nur reinsehen«, meinte der Zahnarzt. Er klopfte auf jeden Zahn, und je mehr er das machte, desto mehr Schmerzen bekam Sanne.

»Da ist der Übeltäter, der muss raus. Ich gebe Ihnen eine Spritze, dann merken Sie es nicht«, sagte der Arzt und hatte schon die Spritze in der Hand. Nachdem er sie gesetzt hatte, sagte er: »Wir warten jetzt ein paar Minuten, bis alles taub ist, dann geht es los.« Er ging aus dem Zimmer und Sanne war alleine. Jetzt war alles aus, sie hatte so etwas geahnt. Was sollte sie jetzt machen?

Sie sah sich um, stand auf, und ehe die Zahnarzthelferin

etwas sagen konnte, war Sanne raus. Sie lief, so schnell sie konnte, Richtung Bushaltestelle, dort merkte sie, dass sie immer noch den Schutz, den man beim Zahnarzt umgelegt bekam, umhatte. Sie riss ihn ab und setzte sich erst einmal auf eine Bank im Wartehäuschen. War das so richtig, was sie gemacht hatte? Sie hatte auch kein Gefühl in der rechten Gesichtshälfte. »Klar«, dachte sie, »die Spritze wirkt ja noch.« Sie holte sich den kleinen Spiegel aus der Handtasche und sah hinein. Was sie da sah, war nicht so schön. Durch die Spritze hing der rechte Mundwinkel nach unten und das wurde noch verstärkt, als sie nach der Busverbindung gefragt wurde. Ihre Aussprache war undeutlich und sie musste schnell ein Taschentuch aus der Handtasche nehmen, da sie anfing zu sabbern. Wie peinlich! Der sie gefragt hatte, wartete nicht bis zum Ende der Erklärung und lief mit den Worten »Die ist wohl aus der Anstalt entsprungen« zur anderen Straßenseite. »So ein Blödmann«, dachte Sanne, »hat der nicht gesehen, dass ich doch ganz normal bin? Der soll mal nur wiederkommen, dann kann er was erleben.« Sie musste einsehen, dass es nicht richtig gewesen war, einfach aus der Praxis zu flüchten. Vielleicht hatte der Doktor das noch nicht gemerkt, und so ging sie eilig zurück zum Zahnarzt. Als sie dort angekommen war, sahen die Arzthelferinnen sie ganz komisch an, aber das störte sie nicht. Sie ging ganz mutig wieder ins Behandlungszimmer und wartete. Es dauerte nicht lange und der Zahnarzt kam herein: »Wir haben Sie schon gesucht, waren Sie auf der Toilette? Geflüchtet waren Sie doch nicht? Dann wollen wir mal.«

Sanne sagte nichts, das Ganze war ihr peinlich und sie machte ganz brav ihren Mund auf.

Ein Ruck, schon war der Zahn raus. »War doch gar nicht schlimm?«, fragte der Arzt. »Da braucht man doch nicht wegzulaufen. Habe das genau gesehen, als Sie an der Bushaltestelle standen. Ich kann aber nichts dagegen sagen, denn auch als Zahnarzt habe ich Angst vor Schmerzen. Bin genau wie Sie einmal davongelaufen. Nur, das hilft nichts, denn der Schmerz kommt dann noch schlimmer wieder.«

Sanne konnte es fast nicht glauben, dass ein Arzt Angst vor dem Zahnarzt hat. Sie musste bei dem Gedanken schmunzeln, stand auf und fühlte sich richtig wohl.

Ein Besuch beim Zahnarzt konnte sie nicht mehr erschüttern?!

17. Das männliche Geschlecht

Männer haben es nicht einfach, oder?

Es begann schon in der Schule: In den Pausen gab es oft Streit zwischen Mädchen und Jungen. Da wurde gekratzt, geschubst und unter den Jungen gab es regelmäßig Boxkämpfe. Die Lehrer, die Pausenaufsicht hatten, konnten nicht alle Streithähne auseinanderbekommen, da gab es immer noch einen Hieb nach. Deshalb wurde auch einmal in der Woche eine sogenannte Schlichtungsstunde angesetzt. Sie half auch tatsächlich bei den Jugendlichen und es wurde ruhiger auf dem Schulhof. Stimmt, ich war auch als Mädchen beteiligt, hatte einem Jungen ein Haarbüschel ausgerissen. Das tut mir bis heute, wo ich schon im Rentenalter bin, richtig leid. Ich würde mich dafür auch entschuldigen. Aber sicher wird er nicht mehr daran denken so wie ich. Dabei konnte ich ihn eigentlich ganz gut leiden, vielleicht war das auch eine, so wie man heute sagt, »Anmache«. Wenn heute die Mädchen auch jedes Mal dem Jungen erst eine Ohrfeige geben müssen, damit er sie ansieht, das wäre wohl nicht so gut. Es gäbe also immer ein paar rote Ohren. Es waren auch nur Jungen bei mir in der Nachbarschaft, mit denen ich dann spielen konnte. Die hatten aber andere Vorstellungen als ich, sie wollten zum Beispiel Stichlinge aus Tümpeln in der Nähe des Bahngeländes fischen. Also ging ich auch mit und wollte ihnen helfen. Bis plötzlich die Bahnpolizei kam und uns entdeckte, sie riefen: »Bleibt stehen, wir brauchen eure Namen, damit wir zu den Eltern gehen können. Es ist verboten, hier unten zu spielen, das kann gefährlich werden, denn es fahren doch Züge.«

Die Jungen waren schneller und liefen über die Bahngleise Richtung Straße. Nur ich war nicht so schnell, musste am Bahndamm hoch, fiel hin und an meinem rechten Knie war eine riesige Schramme, die auch noch stark blutete. Ein Bahnpolizist war direkt hinter mir und hielt mich fest. Er brachte mich zu meinen Eltern und die mussten sich erst einmal anhören, wie gefährlich es war, an den Bahngleisen zu spielen. Mit einer nochmaligen Ermahnung ging er dann wieder, aber nicht bevor er die Namen der Jungen hatte. Die nannte ich ihm freiwillig, denn die Jungen hatten mich einfach alleine gelassen. Sie hätten mich doch mitnehmen können, oder? Meine Eltern schimpften anschließend auch noch mit mir und nach einer Woche war die Sache wieder erledigt. Dachte ich! Ich hatte nicht mit der Rache der Jungen gerechnet. Wenn sie mich nur sahen, drohten sie mit der Faust und riefen: »Mit dir müssen wir noch ein Hühnchen rupfen. Du entgehst uns nicht.« Jetzt wusste ich, dass ich keinem von ihnen begegnen durfte. Nur einer, der mit mir zusammen in einer Klasse war, wusste, wie er mich treffen konnte. Er wartete vor der Haustür auf mich, angeblich um mit mir zusammen zur Schule zu gehen. Meine Mutter fand das noch gut und sagte: »Das ist aber schön, Fredy, dass ihr gemeinsam geht.«

Kaum hatte sie die Haustür zugemacht, packte er mich, nahm meine Hände und zog die Handrücken einmal über die Hauswand. Ich rief laut: »Du Doofer, das machst du nicht noch einmal!« Meine Mutter hatte das Rufen gehört und kam an die Haustür, sie sah die Bescherung und wollte Fredy ausschimpfen. Nur der war schon geflüchtet, weil er sich schon denken konnte, dass meine Eltern davon nicht begeistert waren. Meine Mutter nahm mich an der Hand und wir gingen zu Fredys Eltern, sie waren aber nicht da und meine Mutter wollte jetzt zum Arzt mit mir gehen, denn die Schrammen auf den Handrücken fingen an zu bluten. Das war mal wieder toll, erst der doofe Fredy mit seiner Rache, dann konnte ich nicht zur Schule (obwohl, das war nicht so schlimm) und zuletzt noch zum Arzt, der mir dann meine Hände verband.

Fredy habe ich nicht mehr angesehen, aber gerächt habe ich mich doch. Es war seine Schwester, die mir entgegenkam, und ehe sie sich's versah, hatte ich ihr rechts und links eine Ohrfeige gegeben und dabei gesagt: »Die kannst du deinem netten Bruder weitergeben.« Sie war erstaunt, hielt sich ihre Ohren fest und ging zurück nach Hause.

Es kam, wie es kommen musste, Fredys Mutter ging zu meiner Mutter und beschwerte sich über mich. Da war sie aber bei meiner Mutter genau richtig. Sie erzählte, was ihr Sohn mit mir gemacht hatte, und meinte: »So geht es aber auch nicht, das Kind konnte nicht zur Schule, musste zum Arzt, das reicht doch wohl?« Fredys Mutter antwortete: »Die beste Lösung: Die Kinder spielen nicht mehr miteinander. Letztens hatte Ihre Tochter die Jungen dazu überredet, an den Bahngleisen zu spielen.« »Da hört sich aber wohl alles auf, Sie meinen wohl Ihren Sohn, aber nicht mein Kind. Es ist besser, Sie gehen jetzt wieder nach Hause.« Fredys Mutter war rot geworden, denn sie hatte es schon mitbekommen, dass die Jungen es waren. Sie drehte sich um und ging wortlos nach draußen.

Später auf der Realschule kam man nicht mit Jungen zusammen, denn es war eine Mädchen-Realschule. Angebaut war aber eine Jungen-Realschule, beide Schulen waren nur durch eine große Tür getrennt. Wenn die geöffnet war, denn es gab eine gemeinsame Aula, dann wurde immer gesagt: »Guck mal, da sind Jungen.« Die wurden bestaunt wie Menschen vom anderen Stern. Dabei hatten die viel Unsinn gemacht, wie zum Beispiel Folgendes: Der katholische Pfarrer hatte ein kleines Auto, eine Isetta, man sagte auch »Mach hoch die Tür«. Dieses Auto war so klein, dass einige starke Jungen es nahmen und in die Turnhalle stellten. Da gab es ein großes Hallo, nur der Pfarrer war nicht froh darüber, denn er musste dafür sorgen, dass er mit dem Auto wieder auf der Straße fahren konnte. Der hatte es mit uns auch nicht einfach, denn während der Stunde wurde nur getuschelt und gelacht und zugehört hat man nur, wenn er laut rief: »Ruhe, jetzt rede ich!« Wir hatten noch ein anderes »Exemplar« von Mann, er war der Stenografielehrer und hatte nur einen Arm. Im Winter bei Eisglätte konnten wir Schülerinnen in der Pause in der Klasse bleiben. Nur er fuhr mit seinem alten VW auf dem Schulhof Kreise und rutschte dabei gefährlich nahe an den Zaun heran. Wir sahen durch die Fenster und konnten nicht anders, als zu sagen: »Armer Irrer«. Das war aber nur einmal geschehen, denn der Direktor hatte es mitbekommen und ein »ernstes« Wort mit dem Lehrer gesprochen. Er hatte vielleicht etwas von wegen Vorbild gesagt und gemeint: »Hätte ich auch gerne einmal ausprobiert.«

Wie bringt man einen Mann – auch Lehrer können männlich sein! – zur Raserei? Mit dem Bus einen Schulausflug machen und 23 Mädchen singen: »Blümlein blau, Blümlein blau, Blümlein Blümlein, Blümlein blau, dieses war die erste Strophe und nun folgt die nächste Strophe, Blümlein blau, Blümlein blau, Blümlein Blümlein blau«, und bei »Dieses war die 8. Strophe« hielt unser Lehrer es nicht mehr aus: »Könnt ihr auch noch etwas anderes singen? Das ist ja furchtbar.«

Die hintere Reihe, ich war auch dabei, wir hatten uns richtig »eingesungen« und fingen wieder an: »Blümlein blau, Blümlein blau … « Weiter kamen wir nicht, der Lehrer wurde jetzt richtig böse: »Wenn ich noch eine Strophe höre, hält der Bus an und die hintere Reihe fliegt raus.« Ich musste grinsen, da rief er: »Du auch, ich habe dich genau gesehen.« Alle sahen mich an und ich konnte darauf nichts mehr machen, denn eigentlich wollte ich ja nicht auffallen.

Jahre später gab es ein Klassentreffen, da war auch dieser

Lehrer dabei, den wir so geärgert hatten. Ich setzte mich zu ihm und erinnerte ihn an unser »Blümlein«. Er lachte und sagte: »Das war aber auch nervig. Ich musste böse sein, denn als Lehrer verlangt man Respekt. Nur eines kann ich dazu bemerken: Ich habe so etwas Ähnliches auch als Schüler gemacht. Da war ich derjenige, der die anderen dazu angestiftet hat. Bei uns war es das Lied ›Kommt ein Vogel geflogen‹. Unsere damalige Lehrerin hieß Vogel, da war das Lied auch nicht richtig, sie konnte sich darüber sehr ärgern. Heute tut es mir leid, aber andererseits könnte ich nichts erzählen und du auch nicht.«

Na, er war ja richtig nett, hatte ihn anders in Erinnerung und als Mann fand ich ihn sogar attraktiv. Ich musste schmunzeln, stellte mir vor, er würde sich in mich verlieben. Wir würden zusammen wohnen und ich würde als Kindheitserinnerung anfangen zu singen: »Blümlein blau, Blümlein blau … «

Wie würde er da wohl reagieren?

Ich seufzte: »Männer haben es doch nicht leicht!«

»Was sagst du?«, fragte der ehemalige Lehrer. »Ach, nichts«, antwortete ich.

18. Reise nach Rostock

Endlich Urlaub! »Schatz, kommst du?«, rief ich. Die Koffer waren im Wagen und es konnte losgehen. Sie musste noch einmal überall nachsehen, ob auch alles in Ordnung war. Was sollte auch sein? Wir waren doch nur zwei Wochen weg. Falls es brennen sollte oder ein Einbrecher alles durchsuchen würde, da wären wir doch versichert, außerdem hatten wir tolle Nachbarn, die sahen nach den Blumen und hatten im Notfall auch unsere Handynummer. Wenn doch etwas sein sollte, vielleicht würde ich auf diese Art und Weise eine neue Werkbank bekommen, die hatte ich mir immer gewünscht, aber es waren andere Dinge wichtiger. Leider!

Endlich fuhren wir los und als wir auf der Autobahn waren, fiel mir auf, dass meine Frau eine Plastiktüte vor ihren Knien hatte. »Was ist das denn für eine Tüte?«, fragte ich. »Oh«, kam die Antwort, »da habe ich vergessen den Müll in die Tonne zu werfen. Und wir wollten doch so schnell wie möglich fahren.« »Die Zeit hätten wir noch gehabt«, rief ich, »das ist aber ein Ding, nimmt meine Frau den Müll mit nach Rostock!«

Wir mussten beide lachen, denn das war uns noch nie passiert. Nach einer Kaffeepause, natürlich auch um den Müll zu entsorgen, fuhren wir weiter und kamen endlich am späten Nachmittag an.

Wir wollten abends essen gehen, aber fanden kein Lokal, in das wir gehen konnten. Entweder zu teuer, da würde ich doch nicht satt, oder es war nur eine einfache Bierkneipe. Als wir es schon fast aufgegeben hatten, fanden wir ein Lokal, das nur diese Burger herstellte. Aber uns war es jetzt egal, wir hatten Hunger. Nachdem wir endlich einen freien Tisch gefunden hatten, denn die meisten waren mit lauten Jugendlichen besetzt, setzten wir uns hin.

Mein Magen knurrte, und ob laut oder leise, mir war alles egal. Endlich kam eine Bedienung, die sah aber ein bisschen komisch aus, die hatte eine »Sturmfrisur«. Alle Haare standen nach oben und die Augen waren ganz schwarz umrandet. Wir starrten sie an und sie bemerkte unser »Staunen« und fragte: »Möchten die Herrschaften etwas essen?« Richtig, deshalb waren wir ja hier.

Die Bestellung kam auch schnell und endlich konnten wir essen. Die Bedienung blieb am Nachbartisch stehen und schimpfte mit den Jungen: »Setzt euch anständig hin, lümmelt euch hier nicht so rum. Das könnt ihr daheim machen, aber nicht hier.« Weg war sie. Die Jungen sahen sich an und fingen an zu lachen, im dem Moment kam die Bedienung wieder zurück und gab dem einen eine Backpfeife. Der war verdattert und setzte sich wieder hin. Beide Jungen waren ruhig und sie saßen auch ordentlich auf den Stühlen. Meine Frau sah mich an und wir schüttelten beide den Kopf. So etwas hatten wir noch nicht erlebt. Das ist doch wohl hier nicht üblich? Da setzten wir uns automatisch gerade auf den Stuhl und als wir das merkten, gab es für uns kein Halten mehr. Vor lauter Lachen kullerten die Tränen die Wangen herunter. Nur dann kam das »Größte«: Wir wollten zum Hotel, meine Frau nahm das Tablett mit den Tellern und Tassen und sie wollte alles in einen Müllschlucker schieben. Der hatte nur einen Schwungdeckel und ehe sie sich's versah, lag alles auf dem Boden. Wir schauten nicht nach rechts oder links, sondern liefen, so schnell wir konnten, nach draußen. Da kam auch schon die Bedienung »Frau Sturmfrisur« uns entgegen. Sie lächelte freundlich zum Abschied und wir dachten nur: »Wenn die wüsste!«

Gott sei Dank kam nichts mehr nach, denn wir hatten uns doch Gedanken gemacht, was die Bedienung jetzt an Arbeit hätte. Da durften wir uns lieber nicht mehr sehen lassen. Die Urlaubstage vergingen wie im Fluge und zuletzt kamen wir noch in einen sogenannten »Badeort« an der Ostsee. Jede Menge Boutiquen, genau das Richtige für meine Frau. Es kamen immer mehr Einkaufstüten dazu und die musste ich auch noch tragen. Na, hört das denn mal auf? Wir kamen auch an einem Pantomimen vorbei, der war ganz in Weiß, auch Hände und Gesicht. Er hatte sich auf einen Spazierstock gestützt und meine Frau sagte ganz leise zu mir: »Wenn ich den Stock jetzt wegziehe, was passiert dann?« Wir gingen vorbei und meine Erna schrie laut. »Aua, das mach ich auch demnächst!«. Da hatte doch der Mann seinen Stock genommen und meiner Frau einen Schlag auf den Po gegeben. Der hatte den Satz von meiner Frau bestimmt gehört und dann so reagiert. Ich drehte mich auch um und der Mann machte dann einen Handkuss Richtung Frau. Beide lachten wir und ich »innerlich noch mehr«, denn vielleicht hatte sie das mal verdient. Meine Frau meinte dann: »Da bin ich so alt geworden und habe das erste Mal einen Schlag auf den Po bekommen. Das hat sogar richtig weh getan.« »Ach, du Arme«, meinte ich, musste aber schnell woanders hinsehen, damit sie mein Grinsen nicht sah.

Am nächsten Tag ging es in den Tierpark von Rostock. Wir waren zuerst bei den Affen, aber dort war es so warm, dass wir erst die Jacken ausziehen mussten. Nur, das reichte nicht, wir schwitzten so stark, dass uns die Haare am Kopf klebten. In diesem »Zustand« kamen wir nach draußen und hier war es kälter geworden, also Jacken wieder an. Taschentücher rausholen, damit wir den Schweiß abwischen konnten. Zu allem Unglück fing es an zu regnen. Wir hatten natürlich keinen Schirm mit und es regnete immer stärker. Toll! Erst Schweißtropfen und jetzt Regentropfen. Die anderen Tiere waren auch nur draußen zu sehen, aber wir verzichteten darauf, wir wollten nur Richtung Auto und zurück zur Ferienwohnung. Da hatten wir nicht viel vom Rostocker Zoo gesehen, aber wir machten es uns in der Wohnung gemütlich, tranken ein Glas Wein und meine Frau sagte: »Morgen ist ein neuer Tag, wir lassen uns nicht durch Schwitzen und Regen oder andere Dinge aufhalten.« So war es auch!

19. Liebe

Gerda hatte ihren letzten Tag in der Firma und sie wurde mit Blumen verabschiedet. Jetzt war sie 65 Jahre und was nun? Die Rente, die sie bekam, reichte für ein schönes Leben. Die Eigentumswohnung war bezahlt, sie brauchte nur die Nebenkosten zu rechnen.

Sie nahm die Blumen zu ihrem Arbeitsplatz, räumte diesen auf und packte persönliche Sachen in einen kleinen Karton. Das war also alles von einem langen Arbeitsleben übrig geblieben?

Zu Hause machte sie sich erst eine Tasse Kaffee und wollte anschließend ihre Kinder anrufen. Vielleicht interessierte es sie auch, dass ihre Mutter heute den letzten Arbeitstag hatte. Sie nahm ihren Kaffee und setzte sich in einen bequemen Sessel. Wen sollte sie zuerst anrufen? Die Tochter kam immer spät nach Hause, die musste noch die Kinder von ihrer Schwiegermutter abholen. Also erst den Sohn anrufen: »Hallo, Gerd, hier ist deine Mutter«, sagte sie. »Ach, Mutti, kann ich dich später anrufen, habe gerade einen Freund da und wir müssen etwas Wichtiges besprechen.« »Na dann, bis später«, antwortete sie. Sie war enttäuscht, heute war ihr letzter Arbeitstag gewesen und es interessierte ihn nicht. Aber was erwartete sie denn auch? Die Kinder hatten ihr eigenes Leben und da war wohl kein Platz mehr für sie. Sie merkte, dass sie jetzt ungerecht war, es hatte ja auch andere Zeiten gegeben, als ihr Mann noch lebte, die Kinder zu Hause waren und sie als berufstätige Mutter auch oft im Stress gewesen war. Da war so manches Problem vom Ehemann gelöst worden, denn er wollte sie nicht auch noch damit belasten. Er war nach seinem Unfall in jungen Jahren schon früh Rentner geworden und kümmerte sich, soweit er konnte, um Haushalt und Kinder. Wenn sie so nachdachte, war sie oft froh gewesen, nach einem anstrengenden Arbeitstag ihre Ruhe zu haben. Da war das Essen fertig und sie brauchte sich nur hinzusetzen und zu genießen. Als ihr Mann dann plötzlich starb, war alles durcheinandergeraten. Sie konnte doch nicht gleichzeitig den ganzen Tag arbeiten gehen und dann noch Haushalt und Kinder versorgen? Die Rettung kam mit ihrer Schwester, die Kinder konnten nach der Schule zu ihr kommen. Sie bekamen ihr Essen und die Schularbeiten wurden auch beaufsichtigt. Das war aber schon lange her und das Verhältnis zu beiden Kindern war nicht schlecht. Sie hatten ihr nie Vorwürfe gemacht, dass sie als Mutter nicht immer bei ihnen gewesen war. Es musste Geld verdient werden, die Rente war klein, damit konnten drei Personen nicht auskommen. Ich hatte den beiden Kindern das erklärt und sie hatten es auch verstanden, denn ohne Geld konnten sie auch kein Essen oder neue Kleidung bekommen.

Als beide aus dem Haus waren, konnte sie sich mehr leisten und legte auch ein bisschen Geld zur Seite. Mit beiden Kindern telefonierte man regelmäßig und man besuchte sich auch gegenseitig.

Jetzt war eine andere Zeit angebrochen. Sie hatte nicht viele Freunde, denn durch die Arbeit kam sie nicht dazu, sich mit ihnen regelmäßig zu treffen.

Eine Freundin wollte sie aber doch gleich anrufen, vielleicht hatte sie Zeit für ein Treffen. Gerda hatte ihre Freundin auch sofort am Telefon und sagte: »Hallo, Sigrid, ab heute bin ich Rentnerin und ich möchte es gerne mit dir feiern. Hast du Zeit?« »Gerne«, antwortete Sigrid, »ich komme, wenn es dir passt, heute Abend vorbei.«

Ein paar Stunden später stand Sigrid vor der Tür und Gerda empfing sie mit einem Glas Sekt. »Ich habe uns ein paar Häppchen zurechtgemacht, und setze dich doch bitte aufs Sofa, dort ist es am gemütlichsten. Ich hole noch für jeden eine Tasse Kaffee.«

Die Freundinnen hatten sich lange nicht gesehen, somit wurde viel von früher und auch was in der letzten Zeit passiert war erzählt. Gerda sagte: »Sigrid, ich habe da eine Frage. Was meinst du, sollte ich jetzt erst einmal eine Reise buchen? Würdest du mit mir fahren?« Sigrid antwortete: »Gerda, eine oder zwei Wochen kann ich mir leisten, denn ich bekomme nicht viel Rente.« Gerda: »Ich dachte an Sonne und Meer, vielleicht Spanien?« »Ja«, meinte Sigrid, »dann suche du das richtige Reisebüro und wir gehen zusammen hin, um die Reise nach Spanien zu buchen.«

Endlich war es so weit, sie standen am Flughafen und der Flieger war schon auf dem Rollfeld angekommen. Der Flug war nicht so toll, denn Sigrid wurde es schwindelig, als die Maschine hochging. Die Stewardess wollte ihr Sauerstoff geben, aber Sigrid war es peinlich und sie sagte: »Ach, es geht gleich wieder, haben Sie vielen Dank.«

Sie war aber froh, dass sie im Hotel angekommen war. Gerda war besorgt um ihre Freundin. Als sie aber sah, dass es ihr besser ging, meinte sie: »Jetzt kann aber der Urlaub losgehen, vielleicht lernen wir noch den Mann fürs Leben kennen.« Sigrid musste lachen: »Das fehlt mir auch noch, dann sollte er aber aussehen wie George Clooney.« Als sie im Zimmer angekommen waren, klopfte es an der Tür und Gerda sagte: »Jetzt kommt sicher George Clooney!« Sie öffnete und ein junger Mann, der den Satz mitbekommen hatte, fing an zu stottern: »Ich wollte nur sagen, das Abendessen ist um 19.00 Uhr unten im großen Saal.« Weg war er. Beide sahen sich an und prusteten los: »Das fängt ja gut an.« Zum Abendessen wurden sie von einem jungen Mädchen an den Tisch gebracht, der für sie für die zwei Wochen bestimmt war. Dort saßen schon zwei Männer im mittleren Alter. Man begrüßte sich und stellte sich vor.

Anschließend gingen sie in die Bar, denn sie waren von den beiden Herren eingeladen worden.

Gerda und Sigrid merkten sofort, was die beiden wollten. Sie hatten sich aber vorher geschworen, dass es keine Liebeleien geben sollte. Denn eigentlich wollten sie sich erholen und nicht noch Beziehungsstress bekommen. Sie ließen sich aber gerne einladen, denn sie waren zu zweit und einer konnte auf den anderen aufpassen. Je mehr sie tranken, desto zudringlicher wurden die beiden Männer. Sie mussten sich etwas einfallen lassen, damit sie auf ihr Zimmer konnten.

Als die Männer merkten, dass die beiden Frauen nicht so wollten, wie sie es gerne gehabt hätten, fing der eine an: »Bleibt doch hier, ihr seid doch Schnuckelchen. Wir machen es uns noch gemütlich auf unserem Zimmer.« Das war aber jetzt zu viel und Gerda sagte: »Es reicht uns, wir sind müde. Wir können uns ja morgen wieder sehen.« Was hatte sie da gesagt? Gerda hätte sich auf die Zunge beißen können. Damit würden sie sie auch am nächsten Tag nicht los. Sie hatte auch herausbekommen, dass die beiden Männer zu einer Kegelgruppe gehörten und sicher verheiratet waren. »Mit uns nicht«, dachte Gerda.

Beide fielen müde ins Bett und Gerda sagte: »Morgen ist wieder ein neuer Tag, wir werden uns den Urlaub nicht vermiesen lassen.« Nach dem Frühstück ging es an den Strand. Beide hatten sich extra Tankinis gekauft, denn für Bikinis fanden sie sich zu alt und zu dick. Aber was da am Strand herumlief, war schon ziemlich … na, was sollte man sagen? Da liefen Frauen herum, mindestens 180 Pfund, mit knappem Bikini. Männer waren da nicht anders, dicker Bauch und die Hose klitzeklein darunter. Na, da konnten die beiden sich aber noch sehen lassen, und sie fielen einem dunkelhaarigen Herrn im nächsten Liegestuhl auf. »Sie Deutsch und alleine?«, fragte er. »Wieso?«, antwortete Gerda. »Sie sehen so nett aus, ich möchte Sie gerne auf ein Eis einladen. Darf ich? Welche Sorte schmeckt Ihnen denn?«

Eigentlich wollten sie ihr Eis selbst bezahlen und nach dem Reinfall vom Vorabend konnte es doch nicht heute weitergehen. Sie ließen sich aber überreden und das Eis war von ihm schnell geholt. Sigrid fragte: »Sind Sie Spanier?« »Ja, ich bin Spanier. Ich liebe die deutschen Frauen, besonders wenn sie so gut aussehen wie Sie.« »Na, es gibt doch bestimmt jüngere als wir«, meinte Sigrid. »Nein, junge Frauen haben von nichts Ahnung und ältere Frauen wissen alles und sind einfach nur nett«, sagte er. Gerda und Sigrid sahen sich an und jede dachte: »Was will der von uns? Geld?« Deshalb sagte Gerda: »Wir sind zwei arme Witwen, die sich das Geld zusammengespart haben, und möchten hier nur unseren Urlaub verbringen.« »Ich möchte den beiden Damen eine Freude machen, deshalb gebe ich jetzt das Eis aus.« Er stand auf und lief Richtung Eisverkäufer. Drei große Eisbecher mit Sahne hatte er mitgebracht. Sigrid war beeindruckt und bedankte sich mit den Worten: »Das war doch nicht nötig, aber über so ein tolles Eis kann man sich nur freuen.« Gerda dachte sich: »Na, Sigrid wird doch nicht Feuer gefangen haben?« Sie beobachtete die beiden, denn der Spanier hatte es sich an Sigrids Seite gemütlich gemacht. Er flüsterte ihr etwas ins Ohr und Gerda konnte es nicht verstehen, aber Sigrid lachte laut und sah dem Mann in die Augen.

»Jetzt ist es passiert«, dachte Gerda. »Wir hatten uns doch ausgemacht, den Urlaub ohne Liebeleien zu verbringen.« Außerdem hätte sie so etwas nicht von Sigrid gedacht. Wie man sich doch täuschen kann. Gerda sagte: »Ich gehe mal eben rein, muss mich noch einmal eincremen. Bis gleich! Soll ich etwas mitbringen?« »Nein, geh nur«, sagte Sigrid, »wir werden uns schon die Zeit gut vertreiben.« »Das glaube ich gerne«, dachte Gerda und lief zurück zum Hotel. Als sie wieder ankam, waren Sigrid und der Spanier verschwunden. Gerda sah sich um und da waren beide im

Wasser und küssten sich. Das durfte doch nicht wahr sein, sie drehte sich um und ging wütend ins Hotel. Dort lief sie zur Bar und trank erst einmal ein Glas Sekt, aber die Wut war noch nicht weg, so bestellte sie sich noch ein Glas … und noch ein Glas … Endlich war es ihr egal, aber sie sah den Barkeeper irgendwie verschwommen. Ehe sie sich's versah, wurde sie sanft vom Hocker gehoben und lag dann einem Mann in den Armen. Irgendwie lag sie auf einmal in ihrem Bett und schlief auch sofort ein.

Am anderen Morgen wusste sie nicht, was geschehen war. Sie rief: »Sigrid, bist du schon wach?«, bekam aber keine Antwort und versuchte aufzustehen. Wenn sie nicht so einen Brummschädel hätte, wäre sie schneller aus dem Bett, aber es war eine Qual und sie schleppte sich mühsam ins Bad. Es dauerte lange, bis sie angezogen war, und dann fuhr sie mit dem Aufzug hinunter in den Speiseraum. Ihr gemeinsamer Frühstückstisch war leer, sie dachte sich aber nichts dabei. Ein Kellner brachte frischen Kaffee und fragte: »Ist denn alles in Ordnung, denn Sie waren gestern vom Barhocker gerutscht.« Gerda wurde rot, was hatte sie denn sonst noch gemacht? Wie war sie ins Bett gekommen? Der Kellner sagte: »Ich erzähle es nicht weiter, denn ich habe Schweigepflicht. Sie hatten gestern viel Sekt getrunken, und als Sie heruntergerutscht waren, sind Sie von einem anderen Kellner aufgefangen worden. Der hat Sie dann mit einer Kollegin aufs Zimmer und ins Bett gebracht.« Ach, deshalb hatte sie keinen Schlafanzug an! Gerda antwortete: »Vielen Dank für Ihre Mühe, so etwas mache ich sonst nie. Hatte mich über meine Freundin geärgert, sonst wäre das nicht geschehen.« »Hier passieren oft noch schlimmere Sachen, das mit dem kleinen Rausch ist da doch nichts«, sagte der Kellner.

Gerda dachte sich: »Was kommt denn noch alles?« Das war vielleicht ein aufregender Urlaub. Sie hatten noch vier

Tage bis zum Rückflug, hoffentlich tauchte Sigrid wieder auf.

Sie wollte gerade wieder zum Strand gehen, da winkte Sigrid ihr zu: »Komm doch zu uns, Gerda!« Sie lief zu den beiden und sagte: »Wie hast du dir das denn gedacht, Sigrid? In vier Tagen fliegen wir zurück, oder bleibst du hier?« »Ja«, antwortete Sigrid, »wir haben uns ineinander verliebt und ich ziehe erst einmal zu Cordenzio!«

So war es dann, dass Gerda den Flug alleine antrat, und sie hatte sich eins vorgenommen: Nie mehr mit Freundin in Urlaub zu fahren.

Als sie zu Hause angekommen war, lief ihr der Nachbar über den Weg. »Sie sind aber richtig braun geworden, hatten Sie nur Sonne?« »Der Urlaub war schön, leider hat meine Freundin einen Spanier kennen gelernt, und sie ist zu ihm gezogen.« »Dafür braucht man doch nicht nach Spanien zu fliegen, oder? Hier gibt es auch nette Männer, da muss man gar nicht lange suchen«. Er lachte Gerda an und sie erwiderte: »Nur, in unserem Alter ist das nicht so einfach, wie Sie sich das denken.« »Das kommt doch auf einen Versuch an«, meinte er. »Habe da noch eine Frage: Möchte auch gerne nach Spanien. Können Sie mich beraten? Heute Abend um 20:00 Uhr, ich hole Sie dann ab und wir fahren in ein gemütliches Restaurant. Bitte sagen Sie ja.« Gerda sah ihn an und dachte bei sich: »Ist ja ein ganz netter Mann, warum eigentlich nicht? Man hat sich schon oft im Hausflur gesehen, also wird es nicht gefährlich für mich werden.« Sie antwortete: »Gut, holen Sie mich dann ab und ich nehme auch Unterlagen über Spanien mit.« Er holte sie pünktlich ab und sie fuhren in ein Restaurant, das wirklich sehr gemütlich eingerichtet war. Als sie ihr Essen bestellt hatten und der Wein auf dem Tisch stand, sagte er: »Jetzt stoßen wir aber erst einmal an, ich heiße Gerd und wie ist Ihr Vorname?« Sie musste lachen und sagte: »Das ist aber ulkig, mein Name ist Gerda.« »Herrlich, da passen wir ja richtig gut zusammen!«, rief er. Gerda sah ihn an und sagte: »Das wird sich noch rausstellen, ob es so ist. Da habe ich keine Eile, und da ich außerdem müde vom Flug bin, könnten Sie mich gleich nach Hause bringen?« »Ich bin aber auch einer, das hätte ich mir doch denken können, wir fahren sofort los.« Vor der Eingangstür sagte er: »Ich bedanke mich für diesen schönen Abend, Gerda. Ich darf doch auch Du sagen?« Gerda antwortete: »Wenn ich dann endlich in mein Bett darf, sehr gerne, Gerd.«

Gerda schlief sofort ein, sie hatte sogar den Koffer noch gar nicht ausgepackt, das war ihr noch nie passiert. Am nächsten Nachmittag klingelte es bei Gerda an der Tür, und als sie öffnete, sah sie nur einen großen Blumenstrauß. Gerd hielt ihn mit beiden Händen und sagte: »Ich möchte mich noch einmal bedanken und ich habe heute Morgen einen Kuchen gebacken, darf ich dich zum Kaffee einladen?« Gerda war überrascht, so etwas hatte sie noch nicht erlebt. Ein Mann, der Kuchen backen konnte? Sie war neugierig und sagte zu. Seine Wohnung war gemütlich und der Kaffee duftete und sie setzte sich an den Tisch. Der Kuchen war hervorragend und sie lobte ihn: »Das ist aber richtig lecker. Ich darf nur nicht so viel davon essen, schließlich möchte ich nicht dicker werden.« »Das macht doch nichts. Wenn der Mann die Frau liebt, sieht er doch nicht nur die Figur. Es gibt Charme, Fröhlichkeit, man kann sich gut unterhalten, denn in meinem Alter sieht man auf diese Dinge.« »Warum erzählst du mir das?«, fragte sie. »Na, vielleicht bin ich gerne mit dir zusammen. Habe dich schon öfter beobachtet und was ich gesehen habe, gefiel mir sehr gut«. Gerda wurde rot und Gerd merkte es, nahm ihre Hand und sah ihr in die Augen. »Gerda, ich mag dich sehr, vielleicht können wir uns noch besser kennen lernen?«

Sie antwortete: »Ach, Gerd, das wäre schön. Lass uns

aber nichts überstürzen.« »Aber Gerda, in unserem Alter hat man nicht mehr viel Zeit, lass sie uns nutzen und es genießen.« Gerda: »Ja, du hast Recht. Können beide auch von Liebe sprechen?« »Natürlich«, meinte er, »du brauchst nicht bis nach Spanien zu reisen, wenn in der Nachbarschaft dein Glück wohnt. Es ist LIEBE.«

20. Wie alles begann

»Nun halt doch an!«, rief sie. Der Wagen fuhr vorbei und spritzte Anke mit Wasser voll. Als wenn es noch nicht reichen würde, es regnete stark, es war Nacht, ihr war kalt und der letzte Bus war ihr vor der Nase weggefahren. Hinzu kam noch, dass der Akku des Handys alle war. So etwas wünscht man seinem ärgsten Feind nicht, dachte sie. Wie hatte der Abend doch so schön angefangen! Ralf hatte sie abgeholt und sie fuhren zur nächsten Disco. Sie hatten noch Glück, dass sie reinkamen, denn es war richtig viel los. Der Besitzer wollte nur eine bestimmte Anzahl an Gästen haben, sonst wäre das mit dem Brandschutz nicht so gegangen. Bei mehr Gästen hätte er noch einen anderen Fluchtweg haben müssen. Das wäre noch teurer gekommen, aber er wollte verdienen und nichts anderes.

Der Abend für die beiden war lustig, denn sie hatten noch Freunde getroffen, die sie lange nicht gesehen hatten. Es war schon gegen Mitternacht, als jemand die Idee hatte, noch in ein anderes Lokal zu gehen. Es sollte auch mit Mädchen sein, die auf den Tischen tanzen. Das war natürlich wieder nur etwas für die Männer, aber die jungen Frauen waren ja aufgeschlossen für alles Neue und gingen mit.

Im Lokal »Zur Rebe« waren sie um 1:00 Uhr eingetroffen und die Stimmung wirkte aufgeheizt, denn sie sahen die Mädchen auf die Tische steigen. Diese zogen sich bei lauter Musik langsam aus und Ralf ging nach vorne an den Tisch und feuerte ein Mädchen an. Anke dachte: »Ich sehe wohl nicht richtig«, ihr Ralf war doch sonst so schüchtern. Sie war vor einem Jahr diejenige gewesen, die ihn angesprochen hatte, sonst wären sie heute noch kein Paar. Er sprach sogar von Heirat und Kindern, und jetzt das? Ralf war nicht mehr zu bremsen, denn er stieg auch zu dem Mädchen auf den Tisch und zog sich aus. Jetzt waren die Leute im Lokal wie verrückt, denn sie hofften auf einen deftigen Spaß. Anke konnte nicht mehr hinsehen, es war zu viel für sie. Sie ging wie automatisch zur Garderobe, ließ sich ihren Mantel geben und war draußen. So stand sie die ganze Zeit und versuchte einen Wagen anzuhalten. Zu dieser Zeit, es war schon 3:00 Uhr, waren natürlich nicht mehr viele unterwegs.

Beim nächsten Auto wollte sie noch mehr auf die Straße gehen, dann musste einer anhalten.

Der Wagen wich ihr aus, machte eine Vollbremsung und fuhr ein Stück zurück. Er machte die Beifahrertür auf und schimpfte: »Was machen Sie denn hier, ich hätte Sie bald überfahren, wenn ich nicht ausgewichen wäre. Wie sehen Sie überhaupt aus, sind Sie von zu Hause weggelaufen?«

Was bildete der sich eigentlich ein? Sie war doch kein kleines Mädchen, sondern eine Frau von 19 Jahren. Anke antwortete: »Ich habe den Bus verpasst und vielleicht können Sie mich mitnehmen? Ich bezahle Ihnen das auch!« »Steigen Sie hinten ein, da liegt auch meine Sporttasche. Da ist ein Handtuch drin und Sie können sich erst einmal ein bisschen abtrocknen. Sie sehen ja furchtbar aus.« »Danke, das haben Sie aber nett gesagt«, giftete Anke ihn an. »Na, wo müssen Sie denn überhaupt hin?« »Im nächsten Ort direkt am Ortsschild können Sie mich wieder rauslassen«. Der Mann fragte:« Wie heißen Sie eigentlich? Mein Name ist Florian und ich mache zweimal in der Woche Sport und somit haben Sie Glück, dass ich hier hergefahren bin.« Sie sah ihn genauer an, so alt war er ja gar nicht, wie sie gedacht hatte. Er hatte schöne Grübchen, wenn er lachte, und schöne blaue Augen. »Mein Name ist Anke und ich war tanzen und hatte Krach mit meinem Freund. Mit ihm will ich nichts mehr zu tun haben.« »Hilfe«, dachte sie, »was geht das denn ihn an?« Sie musste verrückt geworden sein. Wollte sie damit sagen, dass sie wieder frei war? Sie fühlte sich elend und wollte so schnell wieder raus und es dauerte auch nicht lange und das Ortsschild war zu sehen. »So, jetzt sind wir da«, meinte er. Er stieg aus und half ihr aus dem Auto. »Das macht jetzt 8,00 €«, sagte er. Anke sah ihn an und meinte: »Wie? 8,00 €?« »Sie haben doch gesagt, dass Sie die Fahrt auch bezahlen«, konterte er. »Ja«, stotterte sie. Als sie ihre Geldbörse rausholen wollte, fing er an zu lachen und sagte: »Das war ein Spaß, aber Sie können etwas anderes machen: Seien Sie morgen Abend um 18.00 Uhr hier am Ortsschild und ich lade Sie zum Eis ein.« Er drehte sich um, stieg ins Auto und fuhr los. Anke stand noch einige Zeit am Ortsschild und dachte über alles nach. Dann ging sie nach Hause, lief auf Zehenspitzen in ihr Zimmer und legte sich ins Bett.

Sie schlief unruhig, immer sah sie den Mann mit den Grübchen, der sie dann auslachte.

Am nächsten Morgen stieg sie zuerst unter die Dusche, ehe die Eltern wach waren. Dann konnte sie schon mit Frühstück anfangen und musste nicht irgendwelche Fragen beantworten. Die Mutter kam in die Küche und sagte ganz überrascht: »Anke, du bist ja schon wach? Du bist doch erst in der Morgenstunde heimgekommen.« »Woher willst du das denn wissen?«, fragte Anke. »Ja, mein Kind, Mütter haben da so ein Bauchgefühl«, kam als Antwort. Als der Vater kam, fragte er: »Na, gestern Spaß gehabt? Kommt der Ralf auch heute wieder? Der ist ein so netter Junge, den halt dir mal warm. Den kannst du mal heiraten, das wird ein guter Ehemann.« Anke stand auf, die Tasse mit Kaffee fiel hinunter und sie stürzte aus dem Raum und lief zu ihrem Zimmer. Die Mutter kam hinterher und klopfte an die Tür. »Anke, kann ich reinkommen?«, fragte sie. »Ja«, kam von innen und die Mutter ging in Ankes Zimmer. Da lag sie nun auf ihrem Bett und weinte. »Was ist denn los? Kannst mir alles erzählen. Hat Ralf etwas angestellt?« Da war alles aus und Anke weinte noch mehr. Die Mutter wollte erst, dass Anke sich etwas beruhigt, und wartete.

Anke war ruhiger geworden und sie erzählte der Mutter alles, auch von ihrer Fahrt mit dem fremden jungen Mann. »Um Gottes willen, wenn das ein Mann gewesen wäre, der dir etwas angetan hätte! Da darf ich nicht dran denken. Vom Ralf hätte ich es auch nicht gedacht, aber es ist ja noch nicht zu spät, einen anderen netten Mann zu finden.« Die Mutter streichelte ihr noch einmal die Wange und ging dann aus dem Zimmer. Anke dachte: »Gut, dass ich das mit dem Treffen nicht erzählt habe. Eigentlich muss ich da nicht hingehen. Der kennt meinen Nachnamen und meine Adresse nicht, also brauche ich auch keine Angst zu haben, dass er hier auftaucht.«

Es war bald 17:30 Uhr und Anke überlegte: »Brauche doch nicht hinzugehen … oder vielleicht doch … oder nicht … aber warum nicht? Er hatte so schöne Grübchen«, dachte sie und musste lachen. »Warum lachst du?«, fragte der Vater. »Ach, nichts Besonderes«, antwortete Anke, »aber ich gehe gleich noch einmal aus.« »Triffst du dich mit Ralf? Dann grüße ihn schön von mir«, sagte der Vater. Anke nickte nur, zog ihre Jacke an und ging. Am Haltestellenschild war keiner, Anke war enttäuscht. »Also doch«, dachte sie, »bin ich schön drauf reingefallen.« In dem Moment kam ein Auto und hielt neben ihr. Florian hatte doch Wort gehalten und sie stieg ein. Er fragte: »War ich zu spät?« »Nein, das war genau richtig. Wohin fahren wir eigentlich?« »Ich kenne eine gute Eisdiele, die machen dort das beste Eis im Umkreis von 100 km.« »Dann bin ich mal gespannt«, sagte Anke. Es dauerte auch nicht lange und sie setzten sich bei dem schönen Wetter nach draußen. Der Kellner fragte, welches Eis sie gerne hätten, und es wurde auch sofort gebracht. »Na«, meinte er, »habe ich zu viel versprochen?« Sie lächelte ihn an und sagte: »Besser kann es gar nicht sein.« »Was hast du morgen vor? Ich wollte mit dir einen Ausflug machen und zwar zu einem Badesee«, fragte er. »Das wäre eine gute Idee«, sagte Anke. Nach dem Eisessen brachte Florian sie wieder nach Hause. Sie dachte noch: »Ob er mir einen Abschiedskuss geben wird?« Florian hatte wohl ihre Gedanken erraten, denn er küsste sie leidenschaftlich auf den Mund.

Am nächsten Morgen stand Anke früh auf, sie freute sich auf den schönen Tag. Die Mutter war auch schon auf und empfing sie in der Küche mit den Worten: »War der Abend schön mit Ralf?« Anke antwortete: »Wunderbar.« »Warum lügst du uns an? Gestern Abend kam Ralf und wollte dich abholen. Wir waren überrascht und sagten ihm, dass du dich doch mit ihm treffen wolltest.« Ralf wurde rot und stotterte: »Es gab bei uns wohl Missverständnisse und Anke war einfach weggelaufen.« »Konntest du nicht direkt hinterher? Es war doch dunkel und als Mädchen alleine, da hätte doch etwas passieren können«, fragten die Eltern. »Wenn ihr jetzt Streit habt, das wird sicher wieder in Ordnung gehen«, sagte die Mutter zu Anke, »aber einfach etwas Falsches sagen, das fanden wir nicht gut. Was sollen wir jetzt davon denken?« Anke fühlte sich schuldig und antwortete: »Ihr habt ja Recht, es war falsch von mir. Die Sache ist die, ich habe einen netten jungen Mann kennen gelernt, mit Ralf will ich nichts mehr zu tun haben, da gibt es gute Gründe. Außerdem muss ich mich jetzt beeilen, denn Florian holt mich gleich ab.« »Schön, dass ich jetzt auch einmal Bescheid bekomme. Nur Ralf weiß wohl nichts davon, eigentlich müsstest du zuerst mit ihm reden. Er wollte auch gleich kommen …« »Da musst du ihn wieder nach Hause schicken, ich bin gleich weg«, rief Anke. In dem Moment klingelte es und Ralf stand vor der

Tür. Keine zwei Minuten später hielt ein Auto und Florian stieg aus, um an der Haustür zu klingeln.

Die Mutter öffnete und sagte: »Sie sind wohl der Florian? Habe erst heute von Ihnen erfahren, aber kommen Sie so lange ins Wohnzimmer. Meine Tochter will nur noch etwas erledigen und fährt dann mit Ihnen weg.«

Plötzlich gab es ein lautes Rufen und Schreien: »Das kannst du nicht mit mir machen, du hast wohl einen anderen? Vielleicht wartet er schon unten auf dich«, schrie Ralf. Er lief die Treppe hinunter, stürmte ins Wohnzimmer und sah sich Florian gegenüber. Anke kam hinterher und alle sahen sich überrascht an. Es dauerte aber nur einen Moment, da stürzte sich Ralf auf Florian und der fiel zu Boden. Sie kämpften miteinander und Anke und ihre Mutter riefen nur: »Hört auf, hört doch endlich auf!« Aber Ralf schlug wie wild auf Florian ein und der versuchte sich zu befreien, was ihm schlecht gelang. In der Zwischenzeit war auch der Vater ins Wohnzimmer gekommen und sagte: »Jetzt reicht es, ich rufe die Polizei.«

Diese kam schnell und zog die beiden Kontrahenten auseinander. Es war gleichzeitig auch ein Krankenwagen vor der Tür, der Notarzt musste eine Menge Schürfwunden und aufgeplatzte Lippen sowie ein blaues Auge versorgen. Jetzt konnte man auch etwas anderes sehen: Die Glasplatte des Wohnzimmertisches war zerschlagen, der Teppich voller Blut und Glassplitter im ganzen Wohnzimmer verteilt. Die helle Couchgarnitur hatte auch Blutflecken abbekommen und die Mutter schüttelte nur den Kopf. So etwas hatte sie auch noch nicht erlebt.

Als sich alles etwas beruhigt hatte, schrieb ein Polizist den Hergang auf und meinte: »Wollen Sie eine Anzeige machen?« Ralf und Florian sahen sich an und sagten fast gleichzeitig: »Nein, das machen wir unter uns aus.« »Aber nicht wieder auf diese Weise«, antwortete der Polizist.

Anke hatte ein Gefühl, als wenn es nur ein Traum gewesen wäre. Sie sah die beiden Männer nur an und sagte: »Wie konnte das denn geschehen?« Ralf antwortete böse: »Daran bist du schuld! Wenn du nicht fremdgegangen wärst, dann …« Weiter kam er nicht, denn Anke schlug ihm mit der Hand ins Gesicht und ging dann aus dem Zimmer. Wie konnte er nur so etwas sagen? Ihr kamen die Tränen und sie konnte sich nicht beruhigen. Die Mutter kam und nahm sie in den Arm. »Meine arme Tochter«, sagte sie, »das war ja vielleicht jetzt schlimm. Erwachsene Männer schlagen sich wie die kleinen Kinder. Ich sage dir aber nur eins, der Ralf hat damit angefangen und wird eine neue Glasplatte für den Wohnzimmertisch, ebenso die Teppich-Reinigung und Reinigung des Sofas bezahlen. Das alles wird von einer Firma ausgeführt und die Rechnung … du weißt ja schon.« Anke nickte und sagte: »Du hast Recht, der Ralf ist für mich gestorben. Werde mich nur noch mit Florian treffen, das verspreche ich dir.« »Jetzt musst du eigentlich erst einmal an dich denken, denn ab morgen beginnst du die Ausbildung zur Sprechstundenhilfe beim Kinderarzt. Alles andere wird sich finden.« »Das ist richtig, Mama«, antwortete Anke, »so wie du es sagst, wird es gemacht. Ach, meine Mutter hat doch immer noch die besten Ideen.« Anke gab ihr einen Kuss und die Mutter ging wieder in ihre Küche.

Es waren drei Wochen vergangen. Im Wohnzimmer war wieder alles sauber und eine neue Glasplatte lag auf dem Tisch. Von Ralf hatte Anke nichts mehr gehört und mit Florian war sie erst einmal wieder ausgegangen. Die Ausbildung war auch nicht so einfach, wie sie sich das vorgestellt hatte, aber sie hatte immer alles geschafft, was sie sich vorgenommen hatte.

Die Zeit verging wie im Flug, Anke bestand ihre Prüfung mit einer Zwei und sie wurde auch vom Kinderarzt als

Sprechstundenhilfe übernommen. Sie hatte sich auch mit Florian verlobt und sie wollten zusammenziehen. Für den Anfang brauchten sie nur eine kleine Wohnung und sie hatte sich schon mehrere angesehen. Florian kam aber am Abend vor einer Wohnungsbesichtigung vorbei und wollte mit Anke sprechen. Die Mutter schickte ihn nach oben ins Kinderzimmer. Dort wurde es immer lauter und unten hörte man Ankes Stimme: »Oh nein, das kann doch nicht sein!« Florian kam mit Anke die Treppe herunter und die Mutter fragte: »Ist etwas passiert? Das hörte sich nicht gut an, was ich so mitbekommen habe.« »Stell dir vor«, sagte Anke, »Florian muss von seiner Firma aus nach Irland. Dort soll er eine Filiale aufbauen, und bis das alles richtig läuft, kann es zwei oder drei Jahre dauern. So lange will ich nicht warten.« »Na, dann heiraten wir vorher und du kommst mit nach Irland. Dort gibt es auch Kinderärzte, und außerdem möchte ich mit dir ja auch Kinder haben.« »Da gehören aber immer zwei dazu«, sagte lachend Anke. Aber hier in Deutschland alles aufgeben? Das war nicht einfach, sie konnte dann auch die Eltern nicht mehr so oft sehen. Sie musste noch besser Englisch lernen, denn mit dem Schulenglisch kam sie nicht weiter. Etwas bange war ihr schon, aber sie hatte Florian und der würde ihr bestimmt noch helfen, dachte sie. Dann musste alles schnell gehen, die Hochzeit war ein Traum, anschließend wurde gepackt und dann ging es nach Irland. Anke hatte sogar schon eine Halbtagsstelle bei einem Kinderarzt in Aussicht.

Wie es weiterging? Sie hatten schöne Jahre in Irland und als sie wieder nach Deutschland kamen, waren auch noch zwei kleine Kinder dabei.

Von Ralf hatte Anke nie mehr etwas gehört oder gesehen.

21. Reklame und ihre Folgen

»Wie geht es dir, mein Schatz? Ich bin doch für dich der einzige Mann?«, fragte er. »An meinen Körper lasse ich nur Seife und dich«, antwortete sie. »Oh, da freue ich mich aber. Was gibt es denn zu essen?« »Nicht viel, nur die 5-Minuten-Terrine«. »Hast du dir eine neue Waschmaschine ausgesucht?« »Ja«, sagte sie, »eine Bauknecht, denn Bauknecht weiß, was Frauen wünschen.« Er sagte: »Lass uns jetzt den Abend genießen, denn morgen müssen wir ja wieder früh zur Arbeit. Hast du auch Kekse da?« »Bringe Bahlsen mit, mein Schatz.« »Sind das auch die echten?« »Das sind die echten, die haben doch die 52 Zähne.« »Ach, ich möchte mal mit dir aus der Reihe tanzen«, meinte er. »Wie der Käse Baby Bel?«, antwortete sie. »Was kommt denn heute Abend im Fernsehen? Wieder etwas Gutes aus Baden-Württemberg?« »Die will ich nicht sehen«, antworte sie, »die können doch alles. Außer Hochdeutsch.« »Gibst du mir bitte ein Bit?« »Ist nicht da«, ruft sie aus der Küche, »nur Becks Bier, das löscht auch deinen Männerdurst.« Sie kam ins Wohnzimmer und rief: »Ich habe noch etwas vergessen: BiFi muss mit.« Sie sah ihn an und fragte: »Hast du nach dem Duschen alles sauber gemacht?« »Ja, mit Biff, du weißt doch: Aufsprühen, abspülen, fertig ist der Glanz.« »Was trinkst du denn, mein Schatz?«, fragte er. »Bluna«, antwortete sie, »da werde ich doch immer ein bisschen Bluna. Das heißt: Ich werde lustig davon.« Sie hatten sich doch für eine Musiksendung entschlossen und die Frauen sahen so toll aus, meinte er. »Schau mal, alleine die Zähne sind so weiß, wie geht das denn?« »Die nehmen Perlweiß, denn sie geben sich nicht mit weniger zufrieden. Es ist das Schönheitszahnweiß.« »Ach, das hätte ich jetzt nicht gedacht«, meinte er. Es klingelte an der Haustür. »Wer kann das denn jetzt sein? Vielleicht die Pizza von Alberto? Oder doch die Lieferung von Mediamarkt? Aber ich bin doch nicht blöd, die kommen erst am Montag«, sagte sie. Nur der Sohn mit Freundin stand vor der Tür. »Entschuldigung, hatte den Schlüssel vergessen«, sagte er. »Ja, hättest du heute Mittag die Kartoffelpuffer von Pfanni gegessen, dann hättest du Kraft und würdest an alles denken.«

Sie drehte sich zur Freundin: »Karina, hast du einen neuen Pullover?« »Nein, der ist doch mit Perwoll gewaschen. Da bleibt es richtige Schmusewolle.« »So«, sagte der Sohn, »ich trinke mir zuerst einen Asbach, das habe ich mir verdient, denn darin ist der Geist des Weines.« »Wolltest du ARD oder ZDF heute Abend sehen? Denn wir sitzen dann in der ersten Reihe!« »Ach«, sagte die Mutter, »mir ist alles egal, ich brauche ein Aspirin.« Der Vater antwortete: »Bei dir helfen keine Pillen, selbst Aspirin versagt.«

Der Sohn kommt singend ins Zimmer: »Wenn der Vater mal verstopft ist, ja was ist denn schon dabei, da gibt es Abflussfrei, das macht den Vater frei.«

Der wird aber jetzt böse: »Nun reicht es, du hast ja nur Reklame im Kopf. Ich will das hier nicht mehr hören, egal ob es Almigurt, Alete, Ajax, Persil, Penaten oder Pedigree heißt. Apropos Pedigree, wo ist eigentlich unser Hund?« »Der hat in unserem Peugeot gesessen, da hat er mit Sicherheit mehr Vergnügen gehabt.« »Das ist doch nicht möglich«, meinte der Sohn. »Doch«, sagte die Freundin, »wir können ja froh sein, dass wir von Reklame nicht abhängig sind.« »Wir doch nicht!«, riefen alle im Chor.

22. Theaterbesuch

»Bist du fertig?«, rief Annemarie. »Wir müssen los.« »Nur mit der Ruhe«, sagte Albert, »wir haben noch genug Zeit.« »Stimmt nicht!«, rief sie. »Ach, zum Teufel mit ihm, immer muss er so trödeln, ich habe es satt. Wenn es so weitergeht, dann fahre ich demnächst alleine«, dachte sie. Endlich kam er die Treppe herunter. »Was hast du denn da an?«, rief sie erschrocken. »Das passt doch nicht zusammen, blaukariertes Hemd, lilafarbener Schlips und dazu ein grünes Jackett. So gehe ich mit dir nicht ins Theater.« »Dann bleibe ich hier«, antwortete Albert. »Dann wünsche ich dir viel Spaß zu Hause«, antwortete sie. Annemarie hätte aus der Haut fahren können, so ein komischer Ehemann! »Dann fahre ich eben alleine, da brauche ich mich nicht zu ärgern, wenn er während der Vorstellung wieder anfängt zu schlafen.« Albert aber freute sich, endlich konnte er zu Hause bleiben und heute kam ein schönes Länderspiel. Das war besser, als bei irgendeinem »Hamlet« auf einem harten Stuhl zu sitzen. Er holte sich ein Bier und machte es sich auf dem Sofa gemütlich. Nun konnte der Abend beginnen. Da hörte er von der Ansagerin folgenden Text: »Aus gegebenem Anlass fällt das heutige Länderspiel aus. Stattdessen schalten wir um und zeigen aus dem Stadt-Theater ›Die Räuber‹ von Schiller.« »Das kann doch nicht wahr sein, Annemarie, das hast du gewusst.« Annemarie war in der Zwischenzeit im Theater angekommen. Die Vorstellung hatte schon angefangen und sie zwängte sich durch die Reihe zu ihrem Platz. Dabei trat sie einem Mann auf den Fuß und der schrie auf. Alles drehte sich um und machte: »Psst!«

Endlich hatte sie ihren Platz gefunden und es konnte losgehen. Sie freute sich auf das lustige Stück: »Ein Zimmer für drei«. Eine Verwechslungskomödie, die in der Zeitung eine gute Bewertung hatte. Zuerst kam aber ein Mann auf die Bühne und sagte: »Wie Sie vielleicht schon gehört haben, ist unser Hauptdarsteller krank geworden. Deshalb fällt das Stück heute aus, dafür spielen wir für Sie ›Die Räuber‹ von Schiller.«

Annemarie war enttäuscht, gut, dass Albert nicht mitgekommen war, dann gäbe es jetzt nur Gemeckere. »Ich werde ihm das auch nicht erzählen, dass die das Stück geändert haben. Damit er mich dann auslachen kann. Nichts gibt's.«

Albert dachte nach: »Vielleicht sind sie ja nicht so schlecht, diese ›Räuber‹, ich werde es mir ansehen.« Dann fiel ihm ein, war Annemarie nicht auch im Stadt-Theater? »Da habe ich es aber gemütlicher. Sie wird aber staunen, wenn ich es ihr erzähle.« Die Zeit verging und Annemarie fuhr wieder nach Hause. Als sie dort angekommen war, war die Wohnung hell erleuchtet und auf dem Wohnzimmertisch standen mehrere leere Bierflaschen. Albert kam ihr lachend entgegen und sagte: »Hallo, mein Schatz, hattest du einen schönen Abend?« Annemarie sah ihn kritisch an und antwortete: »Du scheinst dich ja gut amüsiert zu haben. War denn etwas Schönes im Fernsehen?« »Ja, denke dir nur, ich hatte einen schönen Theaterabend.« »Wie Theaterabend? Das musst du mir erklären.« »Es gab eine Programmänderung, es wurde aus dem Theater ›Die Räuber‹ von Schiller gezeigt. War gar nicht schlecht, hat mir gut gefallen. Wie war es bei dir? Hast du viel gelacht?« »Ja, aber sehr viel. Du wirst es nicht glauben, bei mir war auch eine Programmänderung, es gab ›Die Räuber‹ von Schiller!« Beide sahen sich an und fingen an zu lachen, das durfte doch nicht wahr sein. Sie lachten noch, als sie im Bett lagen, und konnten am Anfang nicht einschlafen. Daran würden sie noch lange denken.

23. Oma Christine

Sie war das dritte von sieben Kindern und musste schon als junges Mädchen den Haushalt führen. Die Mutter war oft krank und Christine musste helfen, denn sie war die tüchtigste von allen. Sie ging einmal in der Woche zum Backhaus, denn das gab es früher auch in der Stadt. Ihr Weißbrot und die Brote waren die größten in der Straße. Die Nachbarn wunderten sich immer, dass so etwas möglich war.

Christine wollte aber ihr Geheimnis nicht verraten. Der Vater machte als Erstes ein Kreuz aufs Brot, bevor er es anschnitt, so machte man es in einem katholischen Haushalt. Jeden Sonntag ging er mit den großen Kindern zur Messe, aber wenn sie nach Hause kamen, stand das Essen auf dem Tisch, denn Christine hatte vorgekocht und die Mutter brauchte nur das Essen warm zu halten. Der Vater schimpfte mit Christine, wenn nicht alles im Haus ordentlich aussah, ansonsten ließ er sie gewähren. Sie musste auch die beiden jungen Schwestern zum Kindergarten bringen, gegen Mittag abholen und ihnen das Essen geben, das sie vorher gekocht hatte.

Als die Mutter starb, ging es erst richtig durcheinander im Haus. Der Vater kam spät von der Arbeit und ging dann fast jeden Tag ins Wirtshaus. Das Geld wurde dadurch weniger und Christine fühlte sich für ihre Geschwister verantwortlich. Sie wollte mit dem Vater reden, denn so ging es nicht weiter. Er aber wollte davon nichts hören und sah sie nur böse an. Eines Abends, Christine wartete auf den Vater, um ihn um Geld zu bitten. Er aber kam nicht nach Hause, bis in der Nacht jemand an die Haustür klopfte. Christine war auf dem Sofa im Wohnzimmer eingeschlafen und öffnete die Tür. Vor ihr waren zwei Männer aus der Nachbarschaft und ein Polizist, die sie traurig ansahen. »Wir müssen dir eine schlimme Nachricht bringen. Dein Vater ist im betrunkenen Zustand in die Ruhr gefallen. Er konnte sich nicht mehr retten und ist ertrunken.«

Christine konnte nichts mehr darauf sagen, irgendwie hatte sie in letzter Zeit kein gutes Gefühl, was den Vater betraf. Nur damit hatte sie nicht gerechnet.

Die Tage nach der Beerdigung vergingen wie im Fluge und das Jugendamt hatte es in seine Hand genommen, um zu entscheiden, was mit den jungen Geschwistern zu tun war. Christine war inzwischen 17 Jahre und sie wurde, so wie es früher üblich war, in eine Familie als Hausangestellte vermittelt. Die ältere Schwester hatte geheiratet, die Brüder waren beim Militär, nur die beiden Mädchen Else und Maria kamen in ein Heim. Christine hatte bei der Familie ein gutes Leben. Sicher, sie musste auch kochen, waschen und putzen, aber das kannte sie ja von zu Hause. Das Ehepaar hatte ein kleines Mädchen, das Christine liebte wie ihre kleinen Schwestern. Sie hatte auch einen Tag in der Woche frei, dann konnte sie Else und Maria im Heim besuchen. Auch hatte sie immer etwas Süßes dabei, obwohl das Heim es nicht gerne sah. Die beiden Mädchen fragten dauernd: »Wann holst du uns hier wieder raus?« Christine konnte sie immer nur vertrösten mit den Worten: »Wartet noch ein bisschen, bald ist es so weit.« Christine bekam jeden Monat ihren Lohn, es war zwar nicht viel, aber etwas davon konnte sie beiseitelegen, denn man wusste nicht, was noch kommen würde.

Zum 18. Geburtstag schenkten ihr die »Herrschaften« einen Eintritt in ein Varieté. So etwas hatte sie noch nicht erlebt und sie konnte in der Nacht vorher nicht richtig schlafen. Sie sollte aber nicht alleine gehen, denn das Ehepaar hatte auch Karten und so kam ihr großer Abend. Christine saß aufgeregt auf ihrem Stuhl und sah gebannt auf die

Bühne. So tolle Sachen hatte sie noch nie gesehen, besonders eins hatte ihr gut gefallen. Sie musste lachen, das war so ulkig. Da trat ein Mann mit einer Puppe auf, die war an seinen Füßen befestigt und so wurde dann ein Tango getanzt. Der Mann kam auch nahe an die Bühnenkante, so dass man dachte, der fällt gleich samt Puppe in die Leute, die dort unten saßen. Zum Schluss verbeugte er sich tief und sah zu ihr rüber. Christine merkte es und wurde rot. Was wollte er von ihr? Es dauerte auch nicht lange, da kam er an ihren Tisch, begrüßte die Eheleute wie alte Bekannte und kam dann zu ihr. Er stellte sich vor und sah ihr dabei tief in die Augen. Schon war es um sie geschehen! Christine dachte: »Was ist das denn? Mir ist so komisch, ich muss ihn immerzu ansehen.« War sie verliebt?

Da hörte sie ihn sagen: »Darf ich denn Ihre Angestellte besuchen und mit ihr vielleicht einmal ausgehen?« »Aber natürlich, mit so einem netten jungen Mann darf Christine zusammen sein.« »Werde ich nicht gefragt?«, dachte Christine und schon kam er wieder zu ihr und sagte: »Mein Name ist Heinz und ich möchte Sie morgen Abend besuchen. Sie haben doch nichts anderes vor?« »Was soll ich schon vorhaben?«, dachte Christine und sie antwortete: »Gerne, ich freue mich.«

Der nächste Abend kam und Heinz stand vor der Tür. Sie wurde aus ihrem Zimmer geholt und sie durfte mit Heinz ins Wohnzimmer, um sich zu unterhalten. Es war früher nicht selbstverständlich, so wie heute, dass man in das Zimmer eines Mädchens kam. Heinz lud sie für den nächsten Abend ins Kino ein und Christine freute sich auf den Kino-Abend. Bevor sie abgeholt wurde, sprach die Frau noch zu ihr: »Dernsche, nimm dich in Acht«, das sollte heißen: »Mädchen, pass auf«, denn Christine sollte nicht schwanger werden.

Christine und Heinz waren ein schönes Paar und sie wollten warten, bis Heinz seine Meisterprüfung »auf dem Bau« gemacht hatte. Dann, so hatten sie sich vorgenommen, wollten sie heiraten. Als Christine dann 20 Jahre alt war, war es so weit. Die Hochzeit wurde mit allen Verwandten und Freunden gefeiert und eine kleine Wohnung hatten sie auch schon vorher eingerichtet. Fast drei Jahre später bekamen sie eine Tochter und das Glück war komplett. Nur Christine fing kurze Zeit später an zu kränkeln, sie hatte oft Nierenschmerzen. Der Arzt hatte ihr zwar gute Tabletten gegeben, aber die halfen nicht. Christine wurde auch wieder schwanger und als sie das ihrem Arzt erzählte, schüttelte er nur den Kopf und meinte: »Da können Sie diese Tabletten auch nicht mehr nehmen, ich verschreibe Ihnen etwas anderes. Falls es auch nicht helfen sollte, müssen Sie ins Krankenhaus.« Sie hatte Glück, die Beschwerden waren nicht so stark, aber kurz vor dem Geburtstermin wurden die Schmerzen so stark, dass der Arzt sie ins Krankenhaus einwies.

Als sie dort angekommen war, wurde die Geburt eingeleitet und sie bekam einen Jungen. Heinz war immer in ihrer Nähe und freute sich auch über seinen Sohn. Nur Christines Nierenbeschwerden wurden immer stärker und sie musste operiert werden. Dabei wurde ein Teil einer Niere entfernt. Im Rücken war durch die OP eine Wunde, die nicht mehr heilte. Da sie sich nicht richtig erholte, blieb sie weiter im Krankenhaus und ihr Sohn ebenfalls. So wurde der Sohn in den nächsten Monaten von den Kinderschwestern versorgt, bis Christine endlich nach Hause gehen konnte. Sie musste sich auch jeden Morgen und Abend verbinden, da die Wunde, es wurde von einer Fistel gesprochen, offen blieb. Wenn sie einmal im Garten arbeitete, hatte sie ein Stechen im Rücken, und wenn sie nachsah, war aus der Wunde ein Nierenstein gekommen. Sie sammelte die Steine, denn im Laufe der Zeit kamen einige aus der Fistel, und legte sie in ein Gefäß und zeigte sie dem Hausarzt. Der sagte: »Das ist genau richtig, dass sie da herauskommen, sonst müssten Sie oft operiert werden.« Christine wollte aber nicht nur an Krankheit denken, sie wollte ihr Leben mit Heinz und den Kindern genießen.

Die Zeiten wurden schlechter, die Arbeit auf dem Bau weniger, das Geld dadurch knapper. Christine aber hatte vorher ein Stück Garten gepachtet und dort pflanzte sie alles an, was man zum Leben brauchte. Außerdem gehörte ein kleiner Stall dazu, dort wurde ein Schwein gefüttert und sollte später geschlachtet werden. In dieser Zeit durften Privatleute bei Strafe keine Schweine oder Ähnliches halten, so wurde es keinem erzählt. Wenn das Schwein auch quiekte, das Stück Land mit dem Stall lag außerhalb und keiner konnte etwas hören. Als dieses Verbot aufgehoben wurde, war es auch an der Zeit, das Schwein zu schlachten. Vorher zeigte Christine es einer Nachbarin, die war erstaunt und rief: »Das ist aber ein dickes Schaf!« »Schaf?«, lachte Christine. »Sieht das nicht nach Schwein aus?« Das war eine Nachbarin, die von den anderen alles wusste, es wieder anderen erzählte und wieder anderen. Diese Nachbarin hatte auch einmal viele Frikadellen gebraten, sie zum Abkühlen auf den Tisch gestellt. Sie holte sich aus dem Regal ein Kochbuch und wollte etwas nachsehen, griff sich dabei eine Frikadelle und las weiter, und was geschah? Frikadelle, lesen, Frikadelle, lesen … auf einmal war die Schüssel leer. Die Nachbarin bekam einen Schreck und ging schnell zum Metzger, erzählte ihr Unglück und holte sich neues Gehacktes für viele neue Frikadellen. Die Metzgerin behielt das natürlich nicht für sich, sie erzählte jedem Kunden diese Neuigkeit und so machte es die Runde, jeder wusste über die »Frikadellen-Frau« Bescheid.

Es kam noch eine schlimme Zeit für Christine und Heinz. Der 2. Weltkrieg war da und Heinz musste, obwohl er nicht mehr jung war, trotzdem in den Krieg. Christine versuchte, dass »alles seinen Gang ging«, sie holte sich auch Hühner und Gänse, damit es Eier und Fleisch gab. Die Tochter hatte in der Zwischenzeit auch eine Ausbildung als Schneiderin gemacht und konnte so zum Haushalt etwas beisteuern. Zum Glück hatte Christine auch eine Schwiegermutter, die eine Zuschneide-Schule und Schneiderei im Ort besaß. Diese unterstützte Christine und die Enkelkinder, so gut sie konnte. Vor allen Dingen nahm sie die Tochter mit in den Betrieb, denn die sollte einmal alles übernehmen. Nur, es kam alles anders: Eine Bombe fiel aufs Haus und Christine und die Kinder lagen unter den Trümmern. Christine und ihre Tochter wurden herausgeholt und in die Krankenstation gebracht. Nur der Sohn hatte es nicht geschafft. Er starb unter den Trümmern und Christine konnte sich nicht damit abfinden. Die Tochter konnte es nicht verstehen, sie sagte: »Du hast doch mich, dann ist es nicht so schlimm.« Es dauerte lange, bis Christine es einigermaßen verkraftet hatte, es war eben so, das Leben ging weiter. Der Krieg war zu Ende, der Aufbau begann. Da Heinz Maurer war, konnte er das meiste beim Hausaufbau alleine machen. Zwei Jahre hatte es gedauert, bis alles fertig war. Christine und Heinz hatten hinterm Haus einen schönen großen Garten und Christine ging ihrem Hobby nach, nämlich Gemüse anpflanzen und Hühner halten. Sie hatte auch oft eine Glucke, die ihr dann viele neue Küken brachte. Außerdem hatte sie sich noch Enten und Gänse angeschafft, wobei sie einem Erpel einen Namen gab, der lief hinter ihr her, sogar bis ins Haus. Den konnte Christine auch nicht schlachten lassen, der hörte ja fast wie ein Hund auf sie. Den hatten sie, nämlich einen Schäferhund, auch noch auf dem Hof.

Ihre Geschwister waren auch in der Zwischenzeit verheiratet. Else und Maria konnten sich nicht leiden, denn Maria fühlte sich immer vernachlässigt. Sie hatte den Eindruck, dass Else mehr im Heim oder von Christine bevorzugt worden war. Das war natürlich nicht wahr, aber sie konnte ihr das nicht ausreden, und so kam es, wenn Else zu Besuch war, kam Maria nicht und umgekehrt.

Maria erzählte oft von ihrem Mann und von ihren beiden Töchtern, die auch früh geheiratet hatten. Auf ihren Mann war sie eifersüchtig, sie misstraute ihm und war der Meinung, er würde nachts zur Nachbarin gehen. Sie hatte auch einen Faden zwischen Tür und Klinke angebracht, um am nächsten Morgen zu sehen, ob der Faden zerrissen war. Das alles erzählte sie Christine, die darüber nur lachte und sagte: »Lass doch deinen Mann in Ruhe, der ist doch ein ganz Lieber.« Dabei hatte Marias Mann auch versucht, mit Christine zu flirten, aber das wollte sie ihr nicht erzählen, dann würde Maria noch misstrauischer. Christine besuchte ihre Geschwister ebenfalls regelmäßig, aber mit den Jahren wurde es immer weniger, außer Maria kam mit ihrem Mann sonntags zu Besuch. Es gab regelmäßig eine hohe Sonntagstorte, denn backen konnte Christine sehr gut. Als der Mann von Maria starb, kam Maria noch oft alleine. Sie war aber auch vergesslich geworden und kam auf komische Ideen, wie zum Beispiel: »Habt ihr euren Hund rasiert?« Dabei war Christines Hund ein Kurzhaardackel! Christine hatte noch viele schöne, aber auch traurige Begebenheiten in ihrem Leben.

Zurück bleibt die Erinnerung an Oma Christine, die toll backen konnte, einen »grünen Daumen« im Garten hatte, das Federvieh, wie Hühner, Enten, Gänse, versorgt hat. Dann war immer ein Hund im Haus und anfangs sogar eine Katze dabei. Das war Oma Christine!

24. Der 30. Geburtstag

Wir waren auf dem Weg zum Geburtstag. Sie wohnte im 12. Stockwerk eines Hochhauses und der Hausflur sah schon nicht einladend aus. Im Aufzug sah es nicht besser aus und mein Mann meinte: »Ich möchte hier nicht wohnen, wer weiß, wen man im Aufzug alles trifft.« Endlich waren wir oben und Julia begrüßte uns ganz herzlich. Wir gratulierten zum runden Geburtstag und sie bat uns, doch schon ins Wohnzimmer zu gehen. Dort saßen schon mehrere Gäste, nur, was war das? Wieso war auch um diese Zeit ein Kind dabei? Ehe ich etwas dazu sagen wollte, sah ich mir dieses »Kind« näher an. Sie sah ja gar nicht wie eines aus, sondern wie eine kleine Erwachsene. Es war eine kleinwüchsige Frau. Wie gut, dass ich meinen Mund gehalten hatte! Nicht auszudenken, das wäre vielleicht peinlich gewesen. Wer war denn der Mann, der zu der Frau gehörte? Es schellte an der Tür und ein großer Mann betrat das Wohnzimmer. »Da bist du ja endlich«, sagte die kleine Frau. Ich sah meinen Mann an und beide hatten wir den gleichen Gedanken. Wie funktioniert das tägliche Leben eigentlich bei so einem ungleichen Paar? Im Laufe der Gespräche kam dann auch einiges von der kleinen Frau, dass es ein Vorteil ist, so klein zu sein. Bei einer Veranstaltung nehme ihr Mann sie auf die Schultern und sie habe den besten Überblick. Na denn. Uns gegenüber saß ein Paar, das seine Lebens- bzw. Liebesgeschichte erzählte. Sie war Sekretärin in einem großen Betrieb und hatte einen längeren Urlaub in Österreich gebucht. Sie war zwar alleine, aber sie hatte es sich so ausgesucht. Karriere war ihr immer wichtig gewesen, alles andere hätte auch kommen können, musste aber nicht.

Sie machte auch ein paar Tage Station in Wien. Es war

ein Traum, im Hotel Sacher fiel ihr ein Mann auf, der offensichtlich auf jemanden wartete. Er sah immer wieder auf seine Uhr und schüttelte den Kopf. Der Mann hatte wohl mitbekommen, dass er von ihr beobachtet wurde, und so nickte er zu ihr rüber. Sie lächelte zurück und nach einigem Hin und Her stand er auf und kam an ihren Tisch. »Sie müssen mich nicht für aufdringlich halten, aber darf ich Sie zu einem Kaffee einladen?« »Ach, setzen Sie sich doch, gerne trinke ich noch eine Tasse Kaffee.« So saßen sie beide eine lange Zeit im Sacher und es kam, was kommen musste: Beide hatten sich ineinander verliebt. Sie verbrachte mit ihm den restlichen Urlaub, denn er hatte sich, so wie er erzählte, ebenfalls kurzfristig frei genommen.

Nur, jeder Urlaub geht zu Ende und sie fuhr wieder zurück in ihre Wohnung nach Deutschland. Er hatte sie noch mit einer Rose verabschiedet und gesagt: »Ich komme auch bald nach Deutschland, denn ich habe in dir meine große Liebe gefunden.«

Nach einiger Zeit hatte der Alltag sie wieder und von der großen »Wiener Liebe« war nichts mehr zu hören oder zu sehen. Die Monate vergingen und eines Abends klingelte es an ihrer Tür und sie konnte es nicht fassen: Da stand er, hatte eine rote Rose in der Hand und sagte: »Jetzt bin ich für immer bei dir. Habe alle Brücken abgebrochen, Wohnung aufgegeben, Arbeit gekündigt, jetzt bin ich hier bei dir.« Sie konnte nicht antworten, so überrascht war sie. »Schicke mich nicht weg«, flehte er sie an. So holte sie ihn erst einmal in ihre Wohnung und überlegte. War sie wirklich bereit, mit ihm für immer, so wie er sagte, zusammen zu sein? Wovon wollte er leben? Sie wusste ja noch nicht einmal, was er gearbeitet hatte. Obwohl, verliebt hatte sie sich auch und wem passiert es schon, dass ein Mann für eine Frau alles aufgibt? »Ja«, erzählte er, »ich habe dann in Deutschland eine Stelle bei einer Versicherung angenommen und nach ein paar Monaten haben wir geheiratet. Das ist jetzt 15 Jahre her und wir lieben uns noch wie am ersten Tag.«

Das war aber eine Geschichte, konnte man so etwas glauben? Man hatte auch mehrmals nachgefragt, weil manches kam uns nicht geheuer vor. Außerdem sprach er mit einem sogenannten »Wiener Schmäh«, so dass man ihn nicht immer verstand. Wir wurden auch unterbrochen, denn Julia bat uns, doch endlich zum Büfett zu gehen. Sie hatte sich richtig viel Arbeit gemacht und alles sah lecker aus. Zum Schluss wurde ein großer Krug Bowle auf den Wohnzimmertisch gestellt und jeder konnte sich etwas davon nehmen. »Julia, wie fühlst du dich denn jetzt mit deinen 30 Jahren?«, fragte ich. »Ach«, antwortete sie, »im Moment noch wie gestern mit 29. Ich muss euch aber auch noch etwas Lustiges erzählen. Obwohl, am Anfang war es nicht lustig. Hatte heute Morgen mit meinem Mann Krach, denn er wollte nicht schon wieder unserem Kind eine neue Windel geben. Er rief: ›Ich halte das nicht mehr aus, immer dieses Windeln, wann hört das denn auf? Wenn es so weitergeht, springe ich aus dem Fenster.‹ Wisst ihr, was ich dazu gesagt habe? ›Mach doch, dann nimm aber die schmutzige Windel mit.‹«

Alles lachte laut und so ging der Abend weiter. Ich hatte ein Glas Bowle nach dem anderen getrunken, denn die war vielleicht lecker! Am Anfang hatte ich nichts gemerkt, bis auf einmal sich alles im Raum drehte. Mein Mann hatte es wohl gemerkt, ich nahm nur noch wahr, dass jemand mich hochzog, dann in den Aufzug hineinschob und mich in den Autositz drückte. Von der Fahrt habe ich nichts mehr mitbekommen, auch wie ich ins Bett gekommen bin, weiß ich nicht.

Eins war sicher, der nächste Morgen war schrecklich für mich. Ich fragte meinen Mann: »Habe ich gestern irgendwelchen Unsinn gemacht?« »Nicht viel«, meinte er, »nur das laute Singen konnte ich bei dir nicht abstellen.«

Ich werde wohl so schnell keine Bowle mehr trinken! Aber lecker war sie doch!

25. Hosenkauf

Es war wieder so weit, sie brauchte etwas Neues zum Anziehen. »Ich gehe mit, kann dich doch beraten«, rief ihr Mann. »Um Gottes willen, nur nicht«, dachte sie. »Seit wann ist mein Mann so wild aufs Mitgehen? Shoppen ist doch etwas für Frauen.« Aber sie antwortete: »Schön, mein Schatz, da freue ich mich aber drauf.« Was sagte sie denn da? Doch wohl nicht wirklich? Aber vielleicht kann ich mir ja noch mehr kaufen, wenn er dabei ist. Mal abwarten.

Sie setzten sich ins Auto und fuhren Richtung Stadt, denn dort gab es ein großes Center, wo es alles gab. Angefangen vom Deo bis zum Wohnzimmerschrank. Für jeden war etwas dabei. Sie aber wollte nur zuerst eine neue Hose. Sie stöberte die Hosen in ihrer Größe durch und hatte auch schnell etwas gefunden, was ihr gefiel. Sie nahm die Hose mit in die Umkleidekabine und probierte sie an. Ihr Mann stand davor und fragte: »Und, passt sie?« Mit viel Mühe bekam sie gerade den Reißverschluss hoch. Nur die Taschen standen jetzt weit ab und Luft holen konnte sie auch nicht richtig. Sie zog sie schnell wieder aus und sagte beim Herausgehen: »Die gefällt mir doch nicht.« »Hättest du mir doch mal zeigen können, ich habe da ein gutes Auge, kann dir sagen, was du tragen kannst.« Sie antwortete nicht, suchte weiter, diesmal eine Nummer größer. Endlich hatte sie etwas gefunden und wieder zur Kabine, alte Hose aus, neue an. Diese Hose ging nur bis zur Hüfte und die Beine waren viel zu lang. In diesem Moment schaute ihr Mann an der Seite des Vorhanges in die Kabine und sagte: »Die sieht aber nicht gut aus, welche Größe ist das denn? Soll ich dir eine andere bringen? Frage mal eben eine Verkäuferin.« Weg war er!

Kurze Zeit später, sie hatte die Hose schon wieder ausgezogen, stand in der Unterhose da, schob die Verkäuferin den Vorhang zur Seite und fragte: »Welche Größe haben Sie denn? Ich kann Ihnen mal etwas bringen. Ihr Mann ist ja so nett und hilft mir dabei.« Der Vorhang war immer noch geöffnet und im Eingangsbereich stand ein Mann, der sie in ihrer Unterhose musterte. Sie zog wütend den Vorhang wieder zu, aber schon ging er wieder auf und ihr Mann stand halb in der Kabine: »Welche Größe brauchst du?« »Größe 44«, sagte sie leise. Ihr Mann rief zur Verkäuferin: »Größe 44 bis Größe 50, die wird sicher auch noch passen.«

Ich will hier raus! Ich könnte ihn massakrieren, zu Mus verarbeiten! Nie mehr mit Mann einkaufen! Da blamiert man sich nur. Sie lugte durch den Vorhang und sah den anderen Mann, der sich jetzt direkt gegenüber ihrer Kabine hingesetzt hatte. Das fehlt mir auch noch, der hat mich schon in Unterhose gesehen, das brauche ich nicht noch einmal. Sie wartete und wartete, ihr Mann und die Verkäuferin waren nicht zu sehen. Dann eben nicht! Ich ziehe mir jetzt wieder meine alte Hose an und gehe. Aber sie hatte es kaum gedacht, da kam ihr Mann mit der Verkäuferin, jeder hatte mindestens drei Hosen dabei und schon wurde der Vorhang wieder aufgerissen. Da stand sie wieder nur so in der Unterhose und jetzt wurde sie sauer und rief: »Kann ich das nicht alleine machen?« Und zu dem Mann, der auf dem Stuhl saß und sie anstarrte: »Und Sie, glotzen Sie nicht so!«, dann zog sie den Vorhang zu. Ich bleibe jetzt hier in der Kabine auf dem kleinen Hocker sitzen! Ich gehe erst raus, kurz bevor das Kaufhaus schließt! Ihr Mann stand hinter dem Vorhang, traute sich nicht ihn zu öffnen und sagte ganz kleinlaut: »Ich habe es doch nur gut gemeint. Dachte, es würde dir schwerfallen, alleine eine passende Hose zu finden.« »Dieses ›Alleine eine passende Hose zu finden‹, das kannst du dir sparen. Was habe ich nur in den Jahren vorher gemacht? Schließlich sind wir 20 Jahre verheiratet.« »Du hast Recht«, antwortete er, »kannst du mir noch einmal verzeihen?« »Aber ja«, sagte sie und zog den Vorhang auf. Sie bemerkte gar nicht, dass sie immer noch nicht ihre alte Hose angezogen hatte. Mit einem Blick sah sie den anderen Mann, wie er aufstand und sagte: »Verzeihung, ich bin auch mit meiner Frau einkaufen gegangen, aber es ist besser, Sie machen das alleine. Shoppen ist für Frauen ein toller Vorgang. Für uns Männer muss das schnell gehen. Und … die Unterhose habe ich gar nicht richtig gesehen«, lächelte und ging wieder in den Verkaufsraum.

An diesem Tag wurde nicht mehr eingekauft. Und war die alte Hose nicht auch noch gut?

26. Hausputz

Regina holte Schrubber, Eimer, Staubwedel und verschiedene Putzmittel herbei und stellte sie auf den Boden in der Küche. »Was gibt denn das?«, fragte ihr Mann. »Das siehst du doch, jetzt wird Hausputz gemacht.« »Dann gehe ich wohl besser mit dem Hund«, meinte er und nahm die Hundeleine. »Das ist auch gut so«, dachte sie, »die Kinder sind auch bei ihren Freunden in der Nachbarschaft, jetzt kann es losgehen.« Sie machte sich Putzwasser und fing an, alles in der Küche abzuwaschen. Danach kam der Boden dran, da wurde geschrubbt und geschrubbt, aber das hatten sie wohl auch nötig?! Endlich war sie damit fertig, jetzt ging es in den Flur, wieder alles abwaschen und dann waren die Fliesen dran. Sie hatte die Hälfte fast fertig, als eine Horde Kinder mit Gejohle durch den Flur und dann in die Küche rannte. Sie rief: »Habt ihr eure Füße abgeputzt?« Aber das brauchte sie nicht zu fragen, überall Fußabdrücke, im Flur und in der ganzen Küche. »Das kann doch wohl nicht wahr sein, seht ihr denn nicht, dass alles sauber, aber noch feucht ist?«

Sie hatte es so laut gerufen, dass die Nachbarin neugierig war und auch durch die offene Haustür in den Flur kam. »Was haben denn meine Kinder gemacht, dass sie so angeschrien werden?«, fragte sie. Sie hatte sich natürlich auch keine Füße abgeputzt, kam direkt aus dem Garten, wo sie ein Stück umgegraben hatte. So war es auch keine Überraschung, dass sie noch Lehmklumpen unter den Schuhen hatte. Regina wurde vor lauter Ärger ganz rot im Gesicht und rief: »Das sehen Sie doch!! Ich bin beim Hausputz und da noch alles nass ist, sollte man sich auch die Füße draußen abputzen.« Sie hatte den Aufnehmer noch in der Hand und schmiss ihn wütend in den Putzeimer mit Wasser, dass es nur so spritzte. »Das gibt Ihnen noch lange nicht das Recht, meine Kinder zu beleidigen. Bei mir wird so ein Affentheater um ein paar Fußabdrücke nicht gemacht«, sagte die Nachbarin. Regina antwortete: »Da möchte ich Sie mal sehen, wenn Sie gerade geputzt haben und die Kinder kommen mit schmutzigen Schuhen herein.« »Ach«, lächelte die Nachbarin, »regen Sie sich doch nicht so auf, es gibt Wichtigeres als Putzen.« Sie drehte sich um und versäumte es nicht, noch einmal richtig die letzten Klumpen unter den Schuhen loszuwerden.

Regina hätte heulen können, hinter ihr standen noch die Kinder, die sich alles angehört hatten. »Dann geht aber jetzt nach draußen«, sagte sie mit leiser Stimme. »Ja, sofort, wir müssen nur noch etwas aus dem Wohnzimmer holen«, und schon stürmten alle mit ihren schmutzigen Schuhen hinein. »Ganz ruhig«, sagte sich Regina, »nur nicht noch mehr aufregen.« Vielleicht hatte die Nachbarin Recht mit dem Satz »Es gibt Wichtigeres als Putzen«.

Die Kinder gingen endlich wieder nach draußen und versprachen, nicht eher wiederzukommen, als bis alles im Haus sauber und trocken wäre.

Regina holte sich neues Wasser und fing wieder von vorne an, erst die Küche, dann den Flur und zuletzt das Wohnzimmer. Endlich fertig! Es blitzte und blinkte überall. Da hörte sie von draußen schon ihren Mann, der den Hund an der Leine hatte. Er öffnete die Haustür, machte den Hund los und rief: »Harry, lauf zu Frauchen.« Der Hund schüttelte sich erst im Flur, denn er war in den Teich gefallen, ging dann schwanzwedelnd und schmutzige Tapse hinterlassend auf sein Frauchen zu. Reginas Mann kam hinterher, hinterließ auch seine Spuren, und was machte Regina? Sie war erst ganz ruhig, sah ihren Mann an und sagte: »Ich habe zwar alles das zweite Mal geputzt, das macht mir fast nichts aus, aber jetzt reicht es mir.« Regina wurde lauter: »Ich weigere mich, noch einmal alles sauber zu machen, ich ziehe mir etwas Schönes an und fahre in die Stadt und gehe ins Café. Wenn du fertig mit Putzen bist und alles trocken ist, rufst du mich an. Handy habe ich dabei.« Sie lief an ihm vorbei, zog sich etwas anderes an und fuhr weg. Da stand er nun, wie sollte er denn putzen? Das hatte er noch nie gemacht. In dem Moment kamen die Kinder rein und er sagte: »Eure Mutter streikt, sie putzt nicht noch einmal. Bitte helft mir.« »Wieso wir?«, sagten sie. »Na, ihr bringt doch auch immer den Schmutz herein und putzt euch nicht die Schuhe ab.«

Zuerst wurde der Hund nach draußen auf die Wiese gebracht. Anschließend kam Putzwasser in den Eimer. Da nur ein Schrubber da war, nahm sich jeder einen Aufnehmer und auf Knien wurden die Küche, Wohnzimmer und Flur wieder sauber gemacht. Zuletzt kam der Hund Harry wieder nach drinnen, ihm wurden nun die Pfoten sauber gemacht. Der Vater sagte: »Jetzt wird eure Mutter zufrieden sein. In Zukunft müssen wir alle drauf achten, dass wir, wenn wir ins Haus kommen, unsere Schuhe abputzen. Ich habe keine Lust mehr auf Putzen.« »Wir auch nicht!«, riefen die Kinder im Chor. Der Vater rief dann seine Frau an und berichtete: »Alle Räume sauber, auch der Hund hat saubere Pfoten. Du kannst nach Hause kommen, ich koche in der Zeit dann Kaffee.« »Gut«, antwortete Regina, »ich bringe auch für alle Kuchen mit.« Regina lächelte und dachte: »Das war eine gute Idee von mir, die werde ich bei anderen Gelegenheiten auch ausprobieren! Gut, dass mein Mann und die Kinder davon noch nichts wissen!«

27. Kirmes

Im Nachbarort gab es ein großes Fest. Mehrere Fahrgeschäfte, wie Schiffschaukel, Karussell, Autoscooter und Geisterbahn, wurden aufgebaut. Dazu gab es noch mehrere Schießbuden, einen Krammarkt und mehrere Stände mit Wurst, Pommes, Fischbrötchen und Ofenkartoffeln mit Heringssalat. Vera und ihre Freundin Helga hatten sich für Samstag verabredet. Die Männer hatten keine Lust, auf die Kirmes zu gehen, also fuhren die beiden Frauen Richtung Kirmes. »Passt aber auf euer Geld auf, seid vorsichtig, lasst euch nicht ansprechen, trinkt nichts, denn ihr habt das Auto dabei«, sagten beide Männer beim Abschied. Vera und Helga sahen sich an und mussten lachen. »Da braucht ihr nicht zu lachen, auf einer Kirmes kann viel passieren.« »Aber wir sind doch nicht mehr fünf Jahre alt, wir wissen doch, was richtig ist. Macht euch mal keine Sorgen. Wenn ihr zum Stammtisch geht, machen wir euch doch auch keine Vorschriften.« »Das sind doch keine Vorschriften«, sagte einer der Männer, »wir sind nur besorgt um euch.« »Ihr könnt ja mitgehen, damit uns nichts passiert«, meinte Vera und lachte.

Sie drehten sich um und stiegen ins Auto ein. Zum Abschied wurde noch gewunken und schon waren sie auf dem Weg ins Vergnügen. Sie wollten alles ausprobieren und an der ersten Schießbude wollten sie ihr Glück versuchen. Vera schoss einfach drauflos. Der Mann, der dahinter stand, duckte sich, da sie direkt auf ihn zielte. »Ach, junge Frau, doch nicht so. Sie müssen hierhin zielen«, und er zeigte auf eine Rose, die abgeschossen werden konnte. Vera wollte unbedingt diese Blume schießen, sie hatte schon 20,00 Euro ausgegeben und es hatte immer noch nicht geklappt. Helga sah die ganze Zeit zu und sagte: »Wenn du so weitermachst, ist dein ganzes Geld nur für diese Schießerei ausgegeben. Lass mich jetzt auch mal.« Vera war enttäuscht und gab Helga das Gewehr. Sie zielte genau in die Richtung, wartete noch ein bisschen, bis ihre Hand ganz ruhig war, und drückte ab. Die Rose flog in hohem Bogen auf die Erde und Helga strahlte. »So macht man das«, sagte sie zu Vera. Diese antwortete: »Sicher hast du vorher geübt.« »Nein, das glaube ich nicht«, meinte der Schießbudenbesitzer, »sie hat nur genau gezielt.« Helga gab Vera die abgeschossene Rose mit den Worten: »Die schenke ich dir, die hast du verdient. Dann kannst du immer daran denken, wie viel Geld du dafür ausgegeben hast. Das ist jetzt eine wertvolle 20-Euro-Rose.« »Aber eigentlich doch deine«, meinte Vera.

Weiter ging es zur Schiffschaukel, aber vorher wurde noch eine leckere Bratwurst gegessen. Die Schaukel war gerade für zwei Personen frei geworden und schon ging es los. Helga wurde es auf einmal übel. Hätte sie doch nicht vorher die Wurst gegessen! Immer weiter hoch ging es. »Nimm dich zusammen«, dachte Helga. »Nein, dir ist nicht schlecht, nein, dir ist nicht schlecht«, sagte sie sich immer. Endlich wurde die Schiffschaukel langsamer und hielt dann an. »Helga, was ist mit dir? Du bist ja ganz blass. Ist dir übel geworden?«, fragte Vera. »Ach, es geht gleich wieder«, antwortete Helga und steuerte auf eine Losbude zu. Vera ging ebenfalls dort hin und beide kauften zehn Lose. Nicht gewonnen, nicht gewonnen, so ging es weiter bis zum vorletzten Los, da hieß es: Hauptgewinn! Helga zeigte ihr Los und der Mann rief durchs Mikrofon: »Leute, alle mal herhören, kommt doch hierher, schon wieder ein Hauptgewinn! Diese junge Dame kann sich jetzt etwas aussuchen! Was soll es denn sein?« Helga zeigte auf einen schwarzen Bären, der ihr gut gefiel. Der Mann wieder durchs Mikrofon: »Seht her, kommt her, hier gibt es die großen Hauptgewinne. Diese junge Dame hat sich einen tollen Bären ausgesucht.« Inzwischen waren einige Leute gekommen und wollten auch sehen, was es da zu gewinnen gab. Dazu gehörten auch zwei junge Männer, die Vera und Helga anlachten. »Da hast du aber Glück gehabt«, sagte der eine. »Wolltest du nicht auch mal versuchen?«, fragte er Vera. »Warum soll ich? Außerdem: Wieso ›du‹, kennen wir uns?« Der junge Mann lachte und sagte: »Du bist doch Vera, du warst doch mal meine Nachbarin.« »Kann mich nicht erinnern«, antwortete sie. Helga zog Vera weg und sagte zu ihr ganz leise: »Lass uns gehen, die wollen was von uns. Ich möchte das nicht, und du?« »Ebenfalls nicht, lass uns schnell in Richtung Geisterbahn gehen, dann sind wir sie vielleicht los.«

Die jungen Männer aber verfolgten sie und Vera und Helga liefen immer schneller. Als sie meinten, dass sie die beiden Männer abgehängt hätten, versteckten sie sich hinter einer Imbissbude. »Hier werden sie uns nicht vermuten«, meinte Helga. Sie warteten und richtig, da waren die beiden. Sie sahen sich in alle Richtungen um und der eine sagte: »Schade, sie sind weg. Bei den beiden hätten wir bestimmt landen können und sie sahen auch aus, als wenn sie viel Geld bei sich hätten. Hast du die dicke Geldbörse bei der einen gesehen? Schade, aber vielleicht gibt es noch ein paar andere Frauen, die wir ausnehmen können.« »Hast du das gehört?«, fragte Helga. »Das ist unverschämt, gut, dass sie weg sind«, antwortete Vera.

Beide schlenderten weiter und stellten sich an der Kasse der Geisterbahn an. Es dauerte einige Zeit, bis die Bahn kam, und sie setzten sich in den 2. Wagen. Die Bahn fuhr immer stückchenweise voran, bis alle Wagen besetzt waren. Los ging es!

Es war aber auch furchtbar dunkel und auf einmal kam ihnen ein leuchtender Totenkopf entgegen. Sie schrien, da hatten sie nicht mit gerechnet. Weiter ging es durch die

Dunkelheit, da ein roter Blitz, anschließend ein Gerippe, das auf die beiden zukam. Vera und Helga hatten sich kaum von dem Schrecken erholt, als ihnen etwas durchs Gesicht wedelte. »Was war denn das?«, fragte ängstlich Vera. »Keine Ahnung, bei mir war das nicht«, sagte Helga. Kaum hatte sie das ausgesprochen, wedelte etwas bei ihr durchs Gesicht. Helga kam näher an Vera heran. Ihr war es jetzt auch nicht geheuer. Wieder ging es durch die Dunkelheit und immer wieder hatten sie das Gefühl, da wedelt irgendetwas durchs Gesicht. Endlich wurde es wieder heller und am Ausgang standen zwei Männer mit weißen Masken. Das war aber nicht so gruselig, bis … ja bis die beiden die Masken herunternahmen und Vera und Helga beide einen Schrei ausstießen und riefen: »Wie könnt ihr uns nur so einen Schrecken einjagen?« Da waren doch ihre Männer ihnen heimlich nachgegangen und standen als Überraschung am Ausgang der Geisterbahn. Das war dann doch ein Hallo und die Männer fragten: »Wie war das eigentlich, als euch etwas durchs Gesicht streifte?« »Woher wisst ihr das denn?«, fragten beide fast gleichzeitig. »Ja«, erzählte einer, »der Geisterbahnbesitzer hat uns für ein paar Euro in die Kulisse gelassen und so konnten wir mit ein paar Federn bei euch durchs Gesicht gehen. Das war vielleicht ein Spaß, ihr konntet uns nicht sehen, aber wir euch.« »Oh, ihr seid vielleicht gemein«, rief Helga. »Rache ist süß«, sagte Vera.

Sie gingen zu viert weiter und Helga und Vera wollten sich etwas ansehen, während die beiden Männer bei dem »Haut den Lukas« waren. Helga sagte: »Wir müssen die beiden auch ärgern. Hast du eine Idee?« »Ja«, sagte Vera, »dir ist doch in der Schiffschaukel so schlecht geworden und unsere Männer, das weiß ich von meinem, können so etwas auch nicht vertragen. Da müssen wir jetzt noch einmal hin.« Die Männer sahen, dass die Frauen sich wieder auf den Weg machten, und sie liefen schnell hinterher. »Wo wollt ihr denn hin?«, fragte einer. »Wir gehen noch einmal zur Schiffschaukel, das könnt ihr beiden doch auch machen. Wir waren schon am Anfang hier, jetzt seid ihr dran.« »Wenn es sein muss«, sagten sie, aber es klang nicht begeistert. Sie wollten aber nicht als Feiglinge gelten und holten sich jeder ein Ticket und stellten sich an. In der Zwischenzeit ging Vera zu dem Betreiber, der die Schaukeln bediente. Sie fragte: »Können die auch einen Überschlag machen?« »Ja, natürlich, soll es denn bei der nächsten Gelegenheit sein?« Vera sagte: »Unsere Männer, die beiden stehen da vorne in der Reihe und sind gleich dran, würden das gerne machen. Sie haben sich nur nicht getraut, das zu fragen.« Sie zeigte noch einmal auf ihren Mann und auf Helgas, jetzt konnte der Spaß losgehen. Als sie wieder bei Helga stand, erzählte sie ihr, was gleich geschehen soll, und beide freuten sich schon riesig auf ihre Rache. Es war so weit! Ihre Männer stiegen ein und lächelten den Frauen zu. Dieses Lächeln war aber nicht fröhlich, denn in Wirklichkeit war ihnen gar nicht wohl zumute. Es ging los, die Schaukeln setzten sich langsam in Bewegung und wurden immer schneller und höher. Die Gesichter der Männer waren blass und die Frauen lachten ihnen zu. Sie hatten dafür aber keine Zeit, denn sie konzentrierten sich auf dieses »Schaukeln«. Es gab noch einmal einen riesigen Schwung und die Schaukel stand oben auf dem Kopf. Die Männer riefen: »Wir wollen runter, das ist ja nicht auszuhalten.« In der Zwischenzeit hatten sich viele Leute als Zuschauer eingestellt und sie lachten, weil die Gondeln ganz oben standen. Auf einmal gab es einen Ruck und die Schiffschaukel überschlug sich. »AAAAAAAHHHHHH«, kam nur von den Männern und alle, die das gesehen hatten, lachten lauthals, denn das war neu für sie und sie wollten das auch haben.

Vera und Helga hatten am Anfang auch viel gelacht und gesagt: »Das ist die Rache.« Aber als die Schaukel da oben anhielt, bekamen sie ein schlechtes Gewissen, denn so wollten sie das eigentlich nicht.

Beide warteten, bis die Männer wieder ausstiegen. Sie kamen auf die Frauen zu und sagten: »Uns ist übel und schwindelig. Wer ist von uns eigentlich auf diese blöde Idee gekommen, sich so etwas anzutun?«

Vera und Helga sahen sie reumütig an und sagten: »Wir! Wir wollten Rache für die Geisterbahn, aber so schlimm sollte es doch nicht sein.«

Einer der Männer sagte: »So war das also: Jetzt steht es 1:1, wir wollen das aber in Zukunft nicht noch einmal machen. Seid ihr einverstanden?« »Ja«, kam es laut und sie hakten sich bei ihren Männern unter. Zusammen wurde es dann ein schöner Abend!

28. Geht doch!

»Hast du die Zeitungen in den Müll geworfen?«, rief sie. »Ja, alle sind weg«, kam aus dem Keller hoch. »Aber nicht meine Frauenzeitschrift ›Wie werde ich schön‹, die ist doch noch oben?« »Welche Frauenzeitschrift? Wie sieht die denn aus?«, kam wieder aus dem Keller. Sie stieg die Kellertreppe hinunter und ging zu ihrem Mann. »Hoffentlich ist die nicht im Müll, die sammel ich doch!« »Wir haben zwei Mülltonnen für Papier und du glaubst doch nicht etwa, dass ich die jetzt wegen dieser blöden Zeitung durchsuche.« »Das wirst du aber machen, denn da war auch ein Frauenrätsel drin, da konnte man gute Nachtcreme gewinnen«, sagte sie. »Du wirst dir doch noch Nachtcreme kaufen können, und wofür brauchst du in der Nacht Creme, da sieht dich doch keiner. Ich brauche doch auch keine!« »Du hast ja keine Ahnung von Frauen, du bist ja nur ein Mann!«, schimpfte sie. »Was heißt das denn, ich bin ja nur ein Mann? Bist du nicht froh, dass du mich hast?« »Schon, aber manchmal verstehst du mich nicht. Holst du mir die Zeitschrift jetzt aus dem Müll wieder raus?« »Ich bin hier noch nicht fertig, werde es mir überlegen. Wenn aber in der ersten Hälfte der Tonne nichts drin ist, gebe ich die Suche auf.« »Das kannst du nicht machen, du liebst mich nicht.« »Sicher, ich liebe dich, aber was hat das mit dieser dummen Zeitschrift zu tun?« »Gut, wenn du mich liebst, dann holst du sie mir wieder raus«, sagte sie und ging wieder hoch in die Wohnung. Jetzt stand er da im Keller, sollte so eine komische Zeitschrift wieder aus dem Müll holen. Also gut, ist vielleicht schnell gefunden, und er machte sich an die Arbeit. Rollte die erste Tonne in die Mitte des Kellers und legte sie auf die Seite, um den Inhalt wieder herauszuholen. Er durchsuchte alles und fand sie nicht, also Tonne aufstellen, alles alte Papier wieder rein. Langsam fing er an zu schwitzen, denn durch die Bewegung des immer wieder Aus- und Einpacken blieb es nicht aus. Die zweite Tonne kam jetzt dran, sie wurde auch in die Mitte des Kellers geschoben und auf die Seite gelegt, wieder alles durchsuchen. Zwischendurch kam von oben die Frage: »Hast du sie schon?« »Nein«, rief er ärgerlich hoch, jetzt musste sie ihn auch noch unter Druck setzen. Unter mehreren Tageszeitungen sah er sie: Die »Wie-werde-ich-schön-Zeitschrift«.

»Na, hoffentlich ist sie die richtige«, dachte er. Er nahm sich die Zeitschrift und sah, dass sie für diesen und nächsten Monat gültig war. Hätte sie sich nicht noch eine neue kaufen können, wenn sie im Altpapier verschwunden wäre? »Nein, sie lässt mich wühlen und das macht sie doch mit Absicht? So eine Aktion nur wegen so einer Zeitschrift!« Wütend packte er wieder alle anderen Zeitungen in die Tonne ein und stellte sie zur Seite. Er ging die Kellertreppe hoch und hielt ihr ihre »Lieblingszeitschrift« mit den Worten: »So, jetzt habe ich alles durchgewühlt« entgegen. »Habe ich doch gewusst«, entgegnete sie, »geht doch!«

»Das machst du aber nicht noch einmal mit mir«, sagte er. Sie ging kommentarlos mit ihrer Zeitschrift aus dem Zimmer, drehte sich im Türrahmen noch einmal kurz um und sagte: »Übrigens, du hast dich im Keller schmutzig gemacht.«

Er war fassungslos, das war jetzt wirklich das Letzte, das würde sie bei einer anderen Gelegenheit zurückbekommen.

Das schwöre ich dir!!

29. Fußballabend

Ihr Mann hatte zum Fußballabend eingeladen. Seine Frau fand es gut, wenn ihr Mann auch einmal mit anderen über sein Hobby Fußball sprechen konnte. Sie wollte sich um das Essen kümmern, es gab einen deftigen Kartoffelsalat und Steaks vom Elektrogrill. Der andere Grill stand auf der Wiese und das war immer »Männersache«. Komisch, dachte sie, in der Nachbarschaft war das auch so, dass nur die Männer grillten, die Frauen machten immer nur alles sauber. Typisch!

»Hast du das Bier kaltgestellt?«, rief ihr Mann. »Alles erledigt«, antwortete sie. »Du bist ein Schatz«, kam es wieder aus dem Wohnzimmer.

Es dauerte auch nicht lange und die anderen Männer kamen nach und nach an. Jeder bekam zuerst ein Bier und es wurden Tipps abgegeben, welche Mannschaft wohl gewinnen würde. Ein paar Männer hatten kleine Flaschen mit Schnaps »für zwischendurch« mitgebracht. Sie hatte es gesehen und hoffte, dass diese Männerrunde nicht ausarten würde. Das wäre nicht so toll, die Couch war neu und der große Fernseher war gestern erst gebracht worden.

Sie begrüßte alle und sagte: »Ich wünsche euch viel Spaß und ihr braucht keine Angst zu haben, ich habe mir ein gutes Buch gekauft, das ich gleich lesen möchte. Werde also den Fußballabend nicht stören.« »Ach, so schlimm wäre es nicht«, sagte einer der Männer, »wenn Sie hier ruhig sitzen, ist das kein Problem.« Sie sah ihn entgeistert an und antwortete: »Ich wohne hier und darf mich auch im Wohnzimmer aufhalten.« »Na, so war das auch nicht gemeint«, antwortete er kleinlaut.

»Das fängt ja schon gut an«, dachte sie. Ihr Mann machte dauernd Zeichen von wegen Ruhe-Bewahren.

Sie wollte aber nicht jetzt schon Ärger haben, deshalb ging sie in ihre Küche und bereitete die Steaks vor. Das Spiel begann, alles saß gebannt vor dem Fernseher, nur ab und zu ein Kommentar wie: »Pass doch auf, was macht der denn da?« Sie brachte den Kartoffelsalat und die Steaks auf einem Tablett ins Wohnzimmer, stellte alles auf einen kleinen Tisch, dort lagen schon Teller, Messer und Gabel und alles, was noch so dazugehörte, und rief: »Essen ist fertig, lasst es nicht kalt werden und Guten Appetit!« »Uhhhhh!«, kam es nur vom Sofa. »Da haben wir aber Glück gehabt.« Hatten die Männer sie eigentlich gehört? Deshalb rief sie noch einmal, diesmal noch lauter: »Guten Appetit!« »Ist gut«, rief ihr Mann zurück, »stell alles hin.« »Habe ich doch schon«, antwortete sie, aber keiner sah zu ihr hin. »Hallo«, schrie sie jetzt, »Essen ist fertig!« Jetzt hatten sie es gehört und sahen zu ihr rüber. »Ist etwas passiert?«, fragte ein Mann. Sie sah ihn nur wütend an und ging aus dem Raum. »Was ist mit deiner Frau los?«, wurde gefragt. »Wir können essen«, sagte der Hausherr und die Antwort kam auch sofort: »Darum muss man so rumschreien? Das sollte mal meine Frau machen.« »Was deine Frau macht oder nicht macht, interessiert mich nicht, komm jetzt zum Essen, sonst werden die Steaks kalt.«

Als das erste Tor fiel, gab es nur ein Jubeln, sie kam auch aus der Küche und fragte: »Was ist passiert? Ist ein Tor gefallen?« »Ja«, sagten alle im Chor, »kannst dich ja bis zum Ende der ersten Halbzeit mit dazusetzen.« Das ließ sie sich nicht zweimal sagen, schon saß sie zwischen den Männern. Einer legte den Arm um sie und sagte: »Jetzt kannst du mal Fußball sehen, du hast zwar keine Ahnung, kannst nur das rechte Eckfähnchen im Spiel sein, aber wir sind heute Abend großzügig! Nicht wahr, Jungs?« Ein lautes Hallo kam von den anderen, nur ihr Mann sah es nicht gerne, dass sie so zwischen den anderen saß. »Wann fällt denn wieder ein Tor?«, fragte sie. »Das wissen wir doch auch nicht«, kam als Antwort. »Die spielen aber langweilig, wenn kein Tor fällt«, meinte sie. »Das muss man anders sehen, jeder Spielzug, der gut ausgeführt wird, ist eine tolle Sache. Es muss nicht immer direkt ein Tor fallen.« »Aber einer muss doch gewinnen«, sagte sie, »sonst braucht man sich doch kein Fußballspiel anzusehen.« »Ach, sei mal eben ruhig, jetzt wird es spannend.« Gebannt sahen alle auf den Fernsehschirm. Sie sah sich die Gesichter an und musste grinsen, wie können Männer sich nur so etwas ansehen? Sie verstand das nicht und ging wieder in ihre Küche. »Vielleicht«, so dachte sie, »sollte ich den Männern mal einen Witz erzählen.« Sie ging wieder ins Wohnzimmer und fragte: »Was ist das, wenn eine Frau ihren fußballbegeisterten Mann aus dem 3. Stock wirft?« »Ach, lass uns doch damit jetzt in Ruhe«, sagte einer. Ein anderer: »Vielleicht geht sie dann wieder in ihre Küche, lass sie nur erzählen.« »Also, was ist das?«, fragte sie. »Keine Ahnung«, wurde geantwortet. »Ist doch klar«, sagte sie. »Schöner Wohnen.«

»Uhhhhhhhhhhh«, kam vom Sofa, »das durfte aber jetzt nicht kommen.« »So, jetzt gehe ich wieder in meine Küche, mache euch noch einen Nachtisch fertig.« »Na, Gott sei Dank, da ist sie ja wieder beschäftigt«, sagte einer. Der Hausherr hatte das mitbekommen und rief: »Jetzt lasst mal meine Frau in Ruhe, die bedient euch doch und macht alles fertig und ihr fangt an zu maulen.« »So ist das ja nicht gemeint«, meinte dieser. Wieder ein anderer meinte: »Wir sind hier, um ein schönes Spiel zu sehen, also seid ruhig.« Die zweite Halbzeit hatte in der Zwischenzeit begonnen und es ging Richtung gegnerisches Tor. »Jetzt aber, schieß doch, lauf doch, lass dir nicht den Ball abnehmen«, redeten alle durcheinander. Die Ehefrau kam wieder aus der Küche und rief: »Ich habe noch einen, den erzähle ich euch: Treffen sich zwei Gerippe auf dem Friedhof …«

»Ruhe, verdammt noch mal, kann es nicht jetzt mit Witzen genug sein?« »Tor, Tor, Tor!«, riefen die anderen und der Rest hatte in dem Moment nur zur Frau hingesehen. »Das darf doch wohl nicht wahr sein«, sagten diese, »nur wegen dieser Frau haben wir das Tor nicht gesehen.« »So schlimm ist es doch nicht«, sagte sie, »jetzt habt ihr doch gewonnen, nur das ist wichtig!« »Aber wir haben es nicht gesehen!«, riefen sie laut. »Dann könnt ihr den Witz nun zu Ende hören: Treffen sich zwei Gerippe auf dem Friedhof ...«

»Hör auf, geh in die Küche!«, schrie ein Mann. »Jetzt ist aber Schluss, wenn du hier meine Frau beleidigen willst, dann kannst du sofort gehen.« »Mache ich auch«, sagte der Mann. »Ich gehe mit«, meinte ein anderer. »Ich auch«, sagte der nächste. »Dann können wir wenigstens das Ende des Spiels in Ruhe ansehen«, meinten sie beim Hinausgehen. Die Frau ging zu ihrem Mann und fing an zu weinen: »Ich habe doch nichts gemacht, wollte nur einen Witz erzählen.« »Du brauchst nicht zu weinen, wir Männer gucken nun mal gerne Fußball und haben auf etwas anderes dann keine Lust.« Der andere Mann sagte: »Erzähle jetzt deinen Witz und dann setzt du dich zu uns und wir gucken gemeinsam.« »Also gut«, sagte sie, »treffen sich zwei Gerippe auf dem Friedhof, eins hat einen Grabstein auf dem Rücken. ›Wieso denn das?‹, fragt das andere. ›Ja meinst du, ich gehe ohne Papiere aus?‹« Die Männer sahen sich an und fingen an zu lachen und meinten: »Das haben wir jetzt gebraucht, so kann es ruhig weitergehen. Hast du noch einen?«

Sie setzte sich dazu und erzählte: »Eine Frau geht jede Woche auf den Friedhof, um ihren Mann zu besuchen und die Blumen zu gießen. Wenn sie fertig ist, geht sie rückwärts wieder raus. Das passiert nun jede Woche, bis eine Frau, die das beobachtet hat, sie anspricht: ›Eine Frage, wieso gehen Sie immer rückwärts vom Grab weg?‹ ›Das kommt deshalb: Mein Mann hat immer gesagt: ›Du hast so einen knackigen Po, der kann Tote aufwecken.‹ Das möchte ich nicht!‹«

Es wurde noch ein ganz gemütlicher Fußballabend!

30. Spaziergang

»Schau mal, das ist aber eine große Wandergruppe«, sie zeigte auf die gegenüberliegende Seite. Ihr Mann fing an zu lachen und zeigte auch in diese Richtung: »Das ist eine Herde Kühe, mein Schatz, hättest du doch deine Brille aufgesetzt!« »Wie peinlich«, dachte sie, »jetzt fängt das auch noch an.« Sie gingen weiter, denn sie hatten sich eine riesige Runde vorgenommen und als Abschluss wollten sie beim Italiener etwas essen. Als sie dem Lokal immer näher kamen, meldete sich ihr Magen und sie waren sich einig: Jetzt gibt es gleich etwas Leckeres zu essen. Wie enttäuscht waren sie, als sie das Schild an der Tür lasen: »Neue Öffnungszeiten: Erst ab 17:00 Uhr.« Was jetzt? In dem Ort kannten sie sich nicht aus und wo sollten sie jetzt was zu essen bekommen? Hätten sie sich mal etwas mitgenommen, aber nein, das braucht man ja nicht. Vor allen Dingen ihr Mann hatte da keine Lust zu. Sie sagte es ihm auch und prompt kam zurück: »Du hättest ja etwas mitnehmen können, du bist doch immer diejenige, die für alles da ist.« Ein Streit war genau das, was sie mit knurrendem Magen brauchten. Sie kamen an einer Bäckerei vorbei, sahen sich an und liefen schnell hinein. »Da haben Sie aber Glück, es ist ja gleich 1:00 Uhr und da mache ich Mittagspause. Was möchten Sie denn?« Die beiden sahen sich die Theke an und nahmen Brötchen, Teilchen und jeder ein Stück Torte. Da die Bäckerei auch einen Kaffee zum Mitnehmen hatte, waren sie beide selig und gingen nach draußen. Auf der anderen Straßenseite sahen sie eine Bank und dort konnten sie dann essen und trinken. Das mit der Torte hätten sie lieber lassen sollen, denn ohne Kuchengabel Sahnetorte zu essen ist nicht einfach. Sie bissen immer von oben in die Sahne rein, hatten diese anschließend auch an der

Nase. Aber alles egal, Hauptsache, der Magen hörte auf zu knurren. Sie wurden von der anderen Seite von zwei jungen Männern beobachtet und ihr Mann sagte leise: »Ob die auch Hunger haben? Die bekommen aber nichts, das ist alles für uns. Das haben wir uns schließlich verdient.« Die Männer schlenderten langsam über die Straße und kamen auf sie zu. »Hallo, ihr da! Hier ist aber kein Aufenthalt für Penner! Macht, dass ihr Land gewinnt!« »Meinen die uns?«, fragte sie. Ihr Mann sah auf und sagte zu den Männern: »Wir dürfen hier sitzen, wir sind unbescholtene Bürger.« »Na, das glauben wir aber nicht, so wie ihr ausseht, geht ihr jetzt oder nicht? Wir wollen hier auch endlich sitzen!« Die beiden Männer packten ihren Mann an den Armen und zogen ihn hoch, der eine holte aus und schlug ihm mit der Faust direkt ins Gesicht. Ihr Mann fiel zur Seite auf den Boden.

Sie hatte um Hilfe gerufen, aber nichts geschah, im Gegenteil, einige Fenster wurden sogar geschlossen. Einer der Männer packte sie und zog sie von der Bank weg zu sich hin. In der Zwischenzeit hatte der andere Mann noch einmal zugeschlagen und ihr Mann wurde ohnmächtig. Sie rief: »Um Gottes willen, wir haben euch doch nichts getan. Lasst uns doch endlich gehen.« Beide Männer zogen sie Richtung Auto, das sie an der Ecke abgestellt hatten. Sie wehrte sich und rief mehrmals um Hilfe, aber die Männer waren stärker und schon war sie im Auto. Der eine Mann hatte sich zu ihr nach hinten gesetzt und band einen Schal um ihre Augen. Nun konnte sie auch nicht sehen, wohin sie gebracht wurde. Was hatten die Männer nur mit ihr vor? Sie hatte große Angst und nach einer Weile hielt der Wagen und sie wurde aus dem Auto gezogen. Einer der Männer sagte: »Du bleibst hier stehen und zählst bis 100 und dann kannst du dir den Schal abnehmen. Nicht vorher, sonst siehst du deinen Mann nie mehr wieder.«

»Das ist ja ein Alptraum«, dachte sie, hoffentlich fand sie ihren Mann nicht noch schlimmer verletzt vor. Nachdem sie zu Ende gezählt hatte, nahm sie den Schal ab und sah sich erst einmal um. Wo war sie? Ein breiter Waldweg und rechts und links nur dichter Wald, hier kannte sie sich nicht aus. Aus welcher Richtung waren sie gefahren? Sie lief einfach den Weg entlang und kam nach einiger Zeit an ein Wegkreuz. »Was jetzt?«, dachte sie. Vielleicht doch einfach mal nach links gehen, irgendwo musste es doch Häuser geben. Dort konnte sie dann Hilfe holen. Der Weg stieg steil an und sie kam ins Schwitzen und bekam Durst. Sie hatte aber nichts mit, denn der Rucksack war auf der Bank liegen geblieben. Der Weg ging jetzt einen Berg hoch, und als sie oben angekommen war, ging es nicht mehr weiter. Der endete an einer steilen Wand, also musste sie den ganzen Weg wieder zurück. An der Weggabelung angekommen, lief sie dann geradeaus. »Hoffentlich geht alles gut«, dachte sie. Sie musste jetzt erst eine Pause einlegen, sie hatte auch vor lauter Aufregung nicht auf die Uhr gesehen, so konnte sie nicht sagen, wie lange sie schon unterwegs war. Auch zogen dunkle Wolken auf und es dauerte nicht lange und es fing ganz leicht an zu nieseln. Aus dem Nieselregen wurde ein Landregen. »Toll«, dachte sie, »wenn ich jetzt zu Hause wäre, würde ich sagen, der Regen ist gut für unseren Garten.« Aber so etwas brauchte sie jetzt nicht! Sie versuchte unter den Tannen herzugehen, da es dort nicht so stark regnete. Aber es dauerte nicht lange, und die Nässe ging durch ihre Jacke durch. Wenn nicht bald ein Haus käme, wo sie Hilfe holen konnte, dann … ja, was dann? Sie wagte es sich nicht vorzustellen, denn sie hatte die Hoffnung noch nicht aufgegeben. Allmählich wurde es auch dunkler und sie lief immer noch diesen einen Waldweg entlang. In der Ferne meinte sie Autos zu hören und sie versuchte schneller zu laufen. Aber ihre Füße taten ihr weh, so ging es nur langsam voran. Endlich kam sie aus dem Wald heraus und sah vor sich eine breite Straße. »So«, dachte sie, »jetzt kommt bestimmt gleich ein Auto.« Sie lief die Straße entlang, aber es kam kein Auto. »Das darf doch nicht wahr sein«, sagte sie laut und auf einmal näherten sich Scheinwerfer eines Autos. »Egal wie, das muss ich jetzt anhalten«, dachte sie. Sie stellte sich mitten auf den Weg und wartete. Endlich kam der Wagen und er hielt auch vor ihr an. Eine Frau saß am Steuer und drehte nur ein wenig die Scheibe herunter. Sie lief zum Auto und erzählte ihre Geschichte und bat um Hilfe. Die Frau im Auto sah sofort, dass es keine Falle war. Denn man hörte ja oft von Leuten, die ein Auto anhielten und dann den Fahrer aus dem Wagen herauszogen, um anschließend damit wegzufahren.

Sie wurde zur nächsten Polizeidienststelle gefahren und dort konnte man ihr helfen. Vom Polizisten erfuhr sie auch, dass die Männer, die ihren Mann geschlagen und sie mitgenommen hatten, schon gesucht wurden. Aufgrund der guten Beschreibung, die sie machen konnte, wurden diese dann auch am nächsten Morgen gefunden und festgenommen.

Was war aber mit ihrem Ehemann passiert? Eine Frau, die alles gesehen hatte, rief einen Notarzt und Polizei an und wartete dann bei ihrem Mann.

Er wurde sofort ins Krankenhaus gefahren und musste auch stationär aufgenommen werden. Die Ärzte waren vorsichtig, denn er war doch eine Zeit bewusstlos gewesen, und eine Nacht zur Sicherheit dazubleiben war bestimmt nicht verkehrt. Als es ihm nach der ersten ärztlichen Versorgung etwas besser ging, fragte er auch nach seiner Frau. Um sie machte er sich große Sorgen, denn sie war ja von den beiden Männern im Auto mitgenommen worden.

Der Arzt wusste nichts davon und wollte ihm Bescheid geben, sobald die Polizei seine Frau gefunden hätte. Es war schon spät, die Nachtschwester sah nach ihm und er wurde wach. »Ach, ich habe eine gute Nachricht. Ihre Frau ist auch hier im Krankenhaus und wird vom Arzt untersucht. Sobald es geht, werden wir sie zu Ihnen ins Zimmer bringen.« Ach, das war nun eine sehr gute Nachricht, dachte er und bedankte sich bei der Schwester.

Es dauerte auch nicht lange und seine Frau kam ins Zimmer. Sie sollte ebenfalls eine Nacht im Krankenhaus bleiben und so lag sie dann mit ihrem Mann zusammen in einem Zimmer.

»Hättest du das gedacht, dass unser Spaziergang so endet?«

»Nein«, sagte sie, »dabei wollten wir nur einen kleinen Ausflug machen und Pizza essen gehen. Aber was mich am meisten ärgert, ist, dass die Leute, wenn man um Hilfe ruft, es einfach ignorieren. Das kann doch jeden treffen!«

»Ja, das stimmt«, antwortete er, »ich habe mir vorgenommen, dass ich helfen, oder wenn es ganz gefährlich wird, wenigstens die Polizei und Notarzt anrufen werde.«

»Ja, so machen wir es!«, stimmte sie ihm zu.

31. Geburtstag

»Wir müssen los«, rief sie. »Ich komme«, antwortete er. Rolf und Karin waren bei einer Nachbarin zum Geburtstag eingeladen und sie wollten nicht zu spät kommen. »Herzlichen Glückwunsch zum Geburtstag, Caro«, riefen beide und umarmten sie nacheinander und gaben ihr das Geschenk. »Ach, das wäre doch nicht nötig gewesen«, meinte diese, »aber vielen Dank. Kommt rein und setzt euch, in der Küche ist noch Platz. Es fängt sicher gleich wieder an zu regnen, hier sind wir dann im Trockenen. Aber was trinkt ihr?« »Kaffee, Bier«, antworteten beide fast gleichzeitig. Alles fing an zu lachen und eine sagte: »Da merkt man, dass ihr verheiratet seid, ihr macht wohl alles gemeinsam?« »Sicher«, antwortete Rolf, »wenn man sich liebt, ist das ganz normal.« Die Getränke kamen und das kalte Büfett war auch eröffnet. Alles redete durcheinander, Rolf und Karin hörten aufmerksam zu, was erzählt wurde. Einer hatte sich ein gebrauchtes Auto gekauft und am Rückspiegel hing ein Duftbaum: Meeresduft. Das roch nicht angenehm und er hatte diesen Baum in den Müll geschmissen. Aber der furchtbare Duft ging aus dem Auto nicht raus. Fast jeder, der mitfuhr, fragte: »Was riecht denn hier so komisch?« Er ärgerte sich immer mehr über diesen Kauf und eines Tages war er davon erlöst. Wie das kam? Er fuhr über eine Landstraße zu seiner Tochter und ein Trecker kam aus einem Feldweg und fuhr direkt gegen sein Auto. Das Auto war ein Totalschaden, ihm war Gott sei Dank nichts außer einem Armbruch passiert. »Ich war heilfroh, dass mir da einer reingefahren ist«, erzählte er weiter, »denn so brauchte ich von da an keinen Duftbaum mit Meeresgeruch mehr zu riechen.« Es wurde in der Runde immer lauter und fröhlicher, Bier, Wein und ein kleines Schnäpschen waren daran schuld. So bekamen Rolf und Karin immer nur Fetzen von den Gesprächen mit, zum Beispiel hörten sie etwas von Beerdigungen. Einer wollte ein Seemannsgrab, andere sich verbrennen lassen. Es gab auch Diskussionen über den Grabspruch und eine wollte den Spruch: »Hier liegen meine Gebeine, ich wollte, es wären deine!« Karin meldete sich auch zu Wort und meinte, sie finde Folgendes gut: »Meinst du, ich läge jetzt nicht auch lieber am Strand?«

So gingen die Blödeleien weiter, bis Caro rief: »Jetzt gibt es ein Kuchenbüfett. Greift zu!« Jeder holte sich ein Stück Kuchen, und da es schon spät war, gab es dann die Diskussionen übers Abnehmen. »Ich habe es schon so oft probiert«, rief eine. »Ich auch!« »Ich auch«, kam aus einer anderen Ecke. »Schmeckt der Kuchen?«, rief Caro, und es wurde einstimmig bejaht. Alle waren mit Kuchenessen beschäftigt, bis es auf einmal einen Riesenknall gab. Die meisten schrien und fragten: »Was ist denn jetzt passiert?«

Caro konnte es sich fast denken, denn sie lief zur Haustür hinaus, um nachzusehen. Die anderen Gäste waren auch aufgestanden und liefen hinterher. Da standen sie nun, die beiden Söhne, sie hatten Knaller und Raketen von Silvester zurückbehalten und wollten es zum Geburtstag ihrer Mutter mal richtig krachen lassen. In dem Moment fuhr auch die Polizei vor und die beiden Polizisten stiegen aus und einer sagte: »Es wurde eine Anzeige wegen Ruhestörung gemacht. Wir wollten nachsehen, ob es stimmt. Feiern Sie die ganze Zeit hier draußen?« »Nein«, sagte Caro, »es wurde auf einmal so warm im Zimmer, da wollten alle nur kurz einmal an die frische Luft. Wir gehen jetzt aber alle wieder rein.«

»Dann ist es gut und um die Anzeige brauchen Sie sich keine Gedanken zu machen.«

Caros Gäste gingen alle wieder ins Haus, auch die beiden Söhne packten alle Knaller und Raketen wieder ein und liefen ebenfalls ins Haus. Drinnen wurde diskutiert, wer das wohl gewesen sein könnte. Aber alle waren sich einig, Caro hatte die beste Ausrede gehabt und um die Söhne hatte sich auch keiner gekümmert. Die hätten mit ihren Raketen und Knallern bestimmt Ärger bekommen.

Die Gäste tranken auf Caros Wohl und stimmten ein Lied für sie an. Denn zweimal würde die Polizei doch nicht kommen. Oder doch??

32. Kinder, Kinder

»Mama, kann ich noch ein Eis haben?« »Mama, warum sind Tomaten rot?« »Mama, kann ich fernsehen?« »Kinder, alle Fragen auf einmal kann ich nicht beantworten«, sagte die Mutter. Helga hatte drei Kinder, alle kamen fast hintereinander und so war in der Familie immer etwas los. Ihr Mann bekam meistens nichts mit, er kam erst spät von der Arbeit und sagte den Kindern nur »Gute Nacht«. Samstag und Sonntag wollte er länger schlafen, aber das hatte er sich so gedacht. Früh um 7:00 Uhr stand die Erste in der Schlafzimmertür und rief: »Kann ich zu euch ins Bett?« »Ja, wenn du dann Ruhe gibst, dann komm«, war die Antwort. Es dauerte nicht lange und die beiden anderen waren auch im Bett. An Schlafen war nicht mehr zu denken, mit fünf in einem Bett, konnte es schon mal einen »Engpass« geben. Frühstück war auch nicht besser, die eine wollte Honig, die andere nur Müsli, die dritte Tochter nichts zu essen. Der Vater wollte auch noch ein Ei, also bekam jeder das, was er wollte, und Helga musste sich noch um die Kleinste kümmern, die nichts zu essen haben wollte. Also wurde mit »Engelszungen« geredet, damit sie doch noch etwas aß. Nur Helga hatte bis jetzt noch nichts zum Frühstück gehabt, die Kinder waren schon fertig und ihr Mann las in der Zeitung. Schon kam wieder: »Was sollen wir jetzt machen?« »Meinst du nicht auch, dass ich erst frühstücken sollte und du kümmerst dich um unsere Kinder?«, fragte sie. »Kein Thema«, antwortete er und zu den Kindern: »Kommt mit, ich habe einen tollen Film für euch.« Helga schenkte sich Kaffee ein und konnte die Ruhe richtig genießen. Als sie fertig war, räumte sie auf und sah dann ins Wohnzimmer. Da saßen sie alle, alle? Nein, nur die älteste Tochter und ihr Mann. Welchen Film sahen sie sich denn an? Wickie und die starken Männer! Helga musste grinsen und sah nach den anderen Töchtern. »Wieso seht ihr denn den Film nicht mit?« »Dafür sind wir schon zu alt«, kam als Antwort. »Ja«, sagte die Mutter, »mit 4 und 6 Jahren ist man auch zu alt, das verstehe ich. Das ist nur was für 10-Jährige und alte Väter.« »So alt ist Papa doch noch nicht, du bist doch viel älter!«, sagte die 6-Jährige. »Ich bin aber jünger als euer Papa.« »Das sieht man aber nicht, du hast doch viel zu viele Falten!«, sagte die 4-Jährige.

Helga musste schlucken, das konnte doch nicht wahr sein. Sah sie schon so alt für ihre Kinder aus? Sie ging ins Badezimmer und sah in den Spiegel, sicher, die eine oder andere Falte hatte sich »eingeschlichen«, die Haare könnten auch wieder einen Friseur vertragen und geschminkt hatte sie sich auch schon seit Tagen nicht mehr. Das konnte sie aber sofort ändern und sie holte sich ihren Schminkbeutel. Anschließend ging sie wieder ins Kinderzimmer und fragte: »Gefalle ich euch jetzt besser?« »Wieso? Was hast du denn gemacht?« »Ich habe mich für euch geschminkt«, sagte sie. Die beiden Töchter sahen sie an und meinten: »Eigentlich siehst du immer noch so alt aus wie vorher.« Helga hatte darauf keine Antwort und ging seufzend aus dem Zimmer.

»Morgen«, so dachte sie, »geht es wieder mit Kindergarten und Schule los.« Dann hatte sie vormittags mal ein bisschen Zeit für sich. Nur gegen Mittag, wenn das Essen fertig war und die Kinder auf sich warten ließen, wurde sie oft wütend. Die 6-jährige Tochter konnte das sehr gut, sie brachte oft die anderen Freundinnen nach Hause und nahm dabei auch Umwege in Kauf. Helga hatte nun eine Strategie, sie rief eine andere Mutter an, die auch eine Tochter in der gleichen Klasse hatte. Diese sollte dann aus dem Fenster sehen und Bescheid geben, ob sie auch Helgas Tochter sah. Wenn ja, dann sollte sie rufen und sagen:

»Geh bitte sofort nach Hause, deine Mama wartet mit dem Essen.« Das klappte aber nicht immer und die andere Mutter rief zurück und berichtete: »Ich habe es Ihrer Tochter gesagt, die hat sich aber wieder umgedreht und ist der anderen Freundin hinterher.« Helga wurde wütend, die sollte nach Hause kommen, dann konnte sie aber etwas erleben. Eine halbe Stunde später, die Kartoffeln waren schon kalt, schellte es. Die Tochter stand vor der Tür, strahlte ihre Mutter an und hatte einen großen Blumenstrauß in der Hand. Wunderbare Tulpen in allen Farben, Helga war überwältigt und fragte: »Wo hast du die denn her?« »Überall in den Vorgärten waren so tolle Blumen und die wollte ich dir schenken, weil du immer so lieb bist.« Helga bekam einen Schreck und fragte nach: »Hat dich jemand dabei gesehen?« »Nein, da habe ich aufgepasst.« »Aber du weißt schon, dass man keine Blumen von anderen Leuten stehlen darf?« »Ach, ich musste dir doch eine Freude machen, da ich oft zu spät nach Hause komme.« Darauf hatte Helga nicht sofort eine Antwort, sie freute sich doch über die Tulpen und sagte aber dann: »Mach das aber nie mehr wieder, denn die Leute, denen die Tulpen gehören, haben auch Freude daran.«

Nie würde sie auch vergessen, als sie einmal Besuch von mehreren Freunden und deren Kindern bekam. Die Kinder waren alle im Kinderzimmer und die Eltern saßen zusammen und hörten Musik. Sie tranken jeder ein Glas Wein und überlegten sich, ob sie nicht abends zum Tanzen gehen sollten, als es plötzlich einen großen Knall gab. Als Erstes gingen alle ins Kinderzimmer, um nachzusehen, ob es allen noch gut ging. Da saß der eine Junge und hielt sich seinen Daumen fest. Es blutete stark und man entschloss sich, sofort ins Krankenhaus zu fahren. Die Mutter wollte mit ihrem Sohn nicht alleine fahren, daher fuhren alle anderen, auch die Kinder, mit dem Auto hinterher. Als sie im Krankenhaus angekommen waren, machten die Schwestern große Augen und fragten, ob sie eine Großfamilie wären. Das sah auch wirklich so aus, denn sie waren insgesamt acht Erwachsene und sechs Kinder. Dann traute sich die Mutter nicht mit ihrem Sohn ins Behandlungszimmer, da sie kein Blut sehen konnte. Da ging dann der Mann mit, der wurde gefragt, ob er der Vater sei. Und das alles nur, weil der Sohn sich mit einer Schere die Nägel schneiden wollte und dabei abgerutscht war.

Das hatten alle nicht so schnell vergessen, denn wenn man sich traf, wurde gefragt: »Weißt du noch?«

Helga erinnerte sich auch daran, als die älteste Tochter noch im Kindergarten war und sie sie mittags dann abholen wollte. Die anderen Mütter standen auch vor der Tür und erzählten dann von einem Mädchen, das den anderen erklärt hatte, dass sie sich die Kalktablette, die sie morgens bekam, in die Nase gesteckt hatte. Ein Kind hatte das auch ausprobiert und musste deshalb ins Krankenhaus, weil die Tablette auf normalem Weg nicht mehr rauskam. Helga sagte auch: »Es gibt Kinder, die machen aber auch nur Unsinn.« Die anderen Mütter nickten, und als die Kindergärtnerin Helga sah, kam sie und erklärte: »Wissen Sie, was Ihre Tochter heute gemacht hat?« »Nein, kann ich nicht wissen«, antwortete Helga. »Sie hat heute den anderen Kindern erklärt, dass man die Kalktablette in die …«

Helga hörte nicht mehr hin und dachte nur daran, wie ihre Tochter auf diese Idee kommen konnte.

Zwei Monate später kam sie mit einem blauen Auge nach Hause. Helga und ihr Mann waren entsetzt, war ihre Tochter misshandelt worden? Es klärte sich aber schnell auf, die Tochter hatte mit den anderen draußen im Kindergarten gespielt und war mit einem Jungen zusammengestoßen. Das war so heftig, dass die Tochter ein blaues Auge bekam und der Junge mit dem Kopf gegen ein Klettergerüst stieß.

Dabei zog er sich eine Kopfplatzwunde zu und diese musste beim Arzt genäht werden. Das mit dem blauen Auge hatte auch einen Vorteil, denn es war Karneval und die Tochter wollte als Seeräuber mit Augenklappe gehen. Sie hatte sich gut im Kindergarten eingelebt, aber wenn Helga an den Anfang dachte! Als sie die Kleine zum ersten Mal brachte und sie alleine zurückließ, trat sie der Kindergärtnerin vors Schienbein. Das war sehr schlimm, denn es wurde dunkelblau und dick. Aber es wurde nur darüber gelacht und zu Helga gesagt: »Wir erleben das fast jedes Mal. Wenn die Eltern ihre Kinder dann hierlassen, werden wir dafür bestraft, dass sie alleine zurückgelassen werden.« Also war das alles normal? Die Kinder werden größer, aber alle Streiche und Anekdoten vergisst man nicht, denn sie sind ein Teil des Lebens.

33. Umzug

»Wie kann man aus seinem eigenen Haus ausziehen?«, riefen die Nachbarn. »Ach, die können uns mal im Mondenschein begegnen«, sagte mein Vater und lachte. Alles war eingepackt und der Platz für den großen Umzugwagen war von der Stadt genehmigt worden. Denn in der Stadt kann man nicht so einfach den Wagen hinstellen, zumal alle Anwohner ihre Autos auf der Straße stehen haben. Endlich kam der Wagen, die ersten großen Schränke wurden eingeladen. Da aber kein anderes Auto mehr vorbeikam, bildete sich eine Schlange, bis dann die Polizei zu den Eltern kam und sich beschwerte und mit einem Knöllchen drohte. Meine Mutter zeigte ihm die Genehmigung, aber der ließ sich nicht darauf ein und sagte: »Dann fahren Sie wenigstens einmal woanders hin, damit die anderen Autos vorbeikommen.« Gut, der Bekannte der Eltern setzte sich in den LKW, ein Freund stand im Inneren des Autos und hielt einen Schrank fest, der gerade erst eingeladen worden war. Das war eine wacklige Angelegenheit, deshalb konnten sie auch nur Schritt fahren und kamen dann auch nicht so schnell wieder am Haus der Eltern an. In der Zwischenzeit waren fast alle Nachbarn von gegenüber auf ihrem Balkon. Sie hatten auch mitbekommen, dass die Polizei bei meinen Eltern war, und hofften auf weitere Überraschungen. Mein Vater zeigte zu ihnen rüber und sagte zu uns: »Schau mal, die sehen aus wie die zwei Alten aus der Muppet Show. Die haben auch immer nur Unsinn geredet und waren neugierig.« Ob die das mitbekommen hatten? Denn es dauerte nicht lange und die beiden, die mein Vater meinte, verschwanden dann vom Balkon. Die letzte Zimmerpflanze war verstaut und es konnte losgehen. Sie fuhren die meiste Zeit über die Autobahn und unterwegs bekamen sie alle Hunger. Es wurde an der nächsten Raststätte angehalten und sie setzten sich an einen freien Tisch. Meine Mutter fragte: »Was gucken die mich denn so an?« »Du hast deinen Kittel angelassen und pack mal in deine Tasche. Da ist bestimmt noch ein Staubtuch drin. Die halten dich alle für die Putzfrau von dieser Raststätte.« Und richtig, sie packte in ihre Tasche und zog ein großes Staubtuch heraus. »Na, dann kann ja nichts schiefgehen«, sagte sie mit einem verschmitzten Gesicht. Darüber mussten wir laut lachen und das hatte zur Folge, dass wieder alle zu uns hersahen. Als wir gegessen hatten, gingen wir wieder zum LKW und der Bekannte meiner Eltern sagte: »Ich nehme mir mal eine Flasche Wasser mit nach vorne, dann brauchen wir nicht wieder an einer Raststätte zu halten.« Er ließ die hintere Klappe des LKWs herunter, und da in der Nähe ein Bus angekommen war, gingen die Leute alle zu uns rüber, um zu sehen, was für ein LKW-Verkauf hier stattfand. Es mussten erst alle Topfpflanzen aus dem Wagen raus, damit man an den Wasserkasten kam. Die Leute kamen näher, um sich die Pflanzen zu besehen. Mein Vater rief: »Hier gibt es nichts zu kaufen, wir ziehen nur um.« Da mussten alle lachen und wir konnten uns sogar bis zur neuen Wohnung nicht beruhigen.

In der neuen Wohnung ging es mit den Schwierigkeiten weiter, denn die Vermieterin wollte ihre Etage noch richtig fertig machen. Ihr Haus war neu und es musste noch einiges erledigt werden. Da aber nicht mehr so viel Geld zur Verfügung stand, denn sie hatte sich von ihrem Mann scheiden lassen, konnte es nur langsam weitergehen. Aber musste das in der Nacht sein? Es war gegen 21:00 Uhr, als das Licht das erste Mal ausging, schnell wurde eine Kerze, die immer auf dem Wohnzimmertisch stand, angezündet und Richtung Stromkasten gegangen. Da kam ihm schon die Vermieterin entgegen und sagte: »Ich muss mal eben das Licht für kurze Zeit ausmachen, dann kann ich in Ruhe eine Stromleitung verlegen.« »Das können Sie machen, wenn Sie hier alleine wohnen«, antwortete mein Vater, »Sie stellen sofort wieder den Strom an, sonst ...« »Was sonst?«, wurde gefragt. »Das werden Sie schon sehen«, antwortete er. Es dauerte auch nicht lange, das Licht ging wieder an und der Film konnte weiter gesehen werden. Gegen 11:00 Uhr, die Eltern wollten ins Bett und gingen zuerst ins Badezimmer, um sich die Zähne zu putzen, war ein ohrenbetäubender Lärm zu hören. »Was ist denn jetzt wieder los?«, riefen beide. Der Vater zog sich schnell einen Jogginganzug an und lief eine Treppe höher zur Vermieterin. Er hämmerte mit der Faust gegen die Eingangstür, endlich hörte der Lärm auf und die Vermieterin öffnete die Tür. »War ich zu laut? Konnte man das denn überhaupt unten hören?«, fragte sie und lächelte ihn an. Er war über so eine Unverschämtheit im ersten Moment sprachlos, aber dann donnerte er los: »Wenn Sie noch einmal so einen Krach machen, dann kürze ich Ihnen die Miete. So etwas habe ich noch nie erlebt. Sie müssen sich einmal einen Ratgeber kaufen: Wie gehe ich mit meinen Mietern um?«, sprach er und drehte sich um und ging wieder nach unten. Die Eltern konnten erst gar nicht richtig einschlafen, denn so etwas hatten sie noch nicht erlebt. Am nächsten Tag fuhren beide zum Einkaufen in den nächsten Ort. Als sie wiederkamen, trauten sie ihren Augen nicht. Da hatte doch tatsächlich die Vermieterin auf ihrer Terrasse ein Bügelbrett aufgebaut und der Stecker fürs Bügeleisen war in ihrer Steckdose in der Nähe des Terrassenfensters eingesteckt. Meine Mutter rief: »Was gibt es denn jetzt? Das geht doch über unseren Strom.« »Das habe ich immer so gemacht«, kam als Antwort.

Das war jetzt aber zu viel und die Eltern sahen sich an. Beide hatten den gleichen Gedanken:

Wetten, dass wir hier bald ausziehen?

34. Knie-OP und Reha

»Hoffentlich geht alles gut«, dachte ich, als ich zur chirurgischen Station ging. Mein Mann hatte schon alle Sachen, die man so bei einem Krankenhausaufenthalt braucht, auf das Zimmer gebracht.

Aber als sie im Zimmer angekommen war, war die Aufregung wie verflogen, sie wollte sich nicht aufregen, es musste ja sein. Sie konnte fast ein Jahr nicht mehr richtig laufen, denn die Schmerzen im Knie waren doch zu groß. Es sollte auch nur eine sogenannte »Schlittenprothese« gemacht werden, da würde sie bestimmt wieder schnell gesund. Oder? Ach nein, am besten nicht dran denken. Die Schwester kam herein und fragte: »Ist alles in Ordnung, oder brauchen Sie im Moment noch etwas? Morgen in der Früh gibt es dann die OP.« »Ich habe dem Doktor schon gesagt, dass er machen kann, was er will, die Hauptsache ist, dass ich wieder lebendig hier herauskomme«, bemerkte ich. »Ach du großer Gott, wer kommt denn auf die Idee? Die OP wird schon gut gehen und den Rest schaffen Sie dann auch noch«, antwortete die Schwester.

Der Tag war da ... gut geschlafen hatte ich komischerweise doch, obwohl vorher die große Angst da gewesen war. Die Schwester kam herein und sagte: »Der Doktor fängt etwas später an, gestern war doch ein wichtiges Fußballspiel, das wollte er nicht verpassen.« Schon war sie wieder draußen. Es dauerte aber nicht lange und sie kam wieder herein und rief: »Sie sind doch schon dran, schnell das Hemd anziehen und schon geht es los.« Ich wurde in einen Vorraum geschoben, musste auf eine andere Liege und wurde mit einem warmen Tuch abgedeckt. Das tat ja richtig gut. Der Narkosearzt kam zu mir und sagte: »Gleich werden Sie schlafen und werden nichts von der OP mitbekommen.« Sagte es, und mir wurde auf einmal ganz komisch, so schlapp … und weg war ich!

Man rief meinen Namen und ich wachte auf. »Ich habe es überlebt! Hurra, Hurra!«

Auf dem Zimmer angekommen, sah ich erst die vielen Schläuche, die ich überall hatte: Infusion am linken Arm, Katheter für die Blase, ein Schlauch für die Wundflüssigkeit und zuletzt noch ein Schlauch in der Leiste für die Schmerzpumpe. Da konnte aber ganz bestimmt nichts mehr schiefgehen, so wie man jetzt aussah.

Am nächsten Tag gab es schon Physiotherapie: Wie sollte das denn mit den Schläuchen gehen, aber: Zehen bewegen, Fuß nach vorne und nach hinten und wieder von vorne. Dabei erzählte sie von ihrer Freundin, die ebenfalls Krankengymnastin war, aber in einer psychosomatischen Klinik arbeitete. »Stellt euch vor«, sagte sie zu der Bettnachbarin und mir, »sie hatte bei ihrem nächsten Patienten das Handtuch vergessen und meinte zu ihm: ›Suchen Sie sich schon etwas Schönes aus, was wir heute machen können.‹ Als sie dann wiederkam, da stand der Mann doch mit heruntergelassener Hose da. Wetten, dass sie nie mehr so etwas zu einem Patienten gesagt hat?« Wir kamen aus dem Lachen nicht mehr raus, weil wir uns alles vorstellten. Die Frage war auch, wie würde man selbst in so einem Fall handeln? So vergingen die Tage im Krankenhaus, die Schläuche wurden weniger, alle zwei Tage kam eine neue Bettnachbarin, die aber alle sehr lustig waren.

Dann wurde ich gefragt, ob ich als »Prüfungsobjekt« zur Verfügung stehen würde. Natürlich habe ich Ja gesagt, nur hinterher bekam ich Bedenken. Wir waren zwar im Krankenhaus, aber musste ich mich vor einer Kommission auch ausziehen? Der Pfleger, der die Prüfung hatte, war ziemlich nervös. Es mussten die letzten beiden Schläuche gezogen werden, einmal am Knie und einer in der Leiste von der

Schmerzpumpe. Die Hand zitterte beim Durchschneiden der Fäden, ich machte ihm Mut und erzählte einen Witz. Da wurde die ganze Sache lockerer und alles ging ihm schnell von der Hand. Das war also auch geschafft, aber noch einmal als »Versuchskaninchen«?

Endlich Entlassung?!

Nach zwei Tagen ging es zur Reha und ich bezog dort ein kleines Zimmer. Es war gemütlich und da es hinten heraus lag, konnte man auch abends das große Fenster öffnen. Hatte ich gedacht, bis der erste Regen kam und der Boden im vorderen Bereich ganz nass geworden war. Da konnte ich nur Handtücher hinlegen und am nächsten Morgen musste die Putzfrau sie wieder aufnehmen, da ich mich ja noch nicht so bücken konnte. Das war aber nicht das Einzige: Als ich auf dem Bett saß und durch die Tür nach draußen schaute, kamen mehrere Männer die Straße entlang. Einer sah nach oben und grüßte mich. Ach du meine Güte, also konnte man mich auf dem Bett sehen! Hoffentlich nicht auch noch, als ich es mir in Slip und BH bei Hitze dort gemütlich machte?! Ansonsten ging es in der Reha »zur Sache«; Lymphdrainage, Beinschiene, Bewegungstherapie, Gerätetraining und Laufschule. »Wir gehen in den Laufstall«, wurde gesagt. Das war aber auch komisch: 20 Leute mit Gehhilfen oder Rollator machten ihre Runde. »Können wir nicht einmal in eine andere Richtung laufen?«, fragte ich den Therapeuten. »Man bekommt ja einen Drehwurm.« Es waren aber auch merkwürdige Kurgäste da, eine lief wie ein Storch, ging, ohne vorher zu duschen, und mit Therapiestrumpf ins Wasser. Dabei hatte sie eine alte Motorradbrille auf. Meine Tischnachbarin war mit ihr in einer Gruppe für Wassergymnastik und sie konnte sich, ebenso wie alle anderen, nicht mehr beruhigen, dass es so etwas gibt.

»In der Kathedrale meines Herzens brennt immer ein

Licht für dich«, erzählte die andere Tischnachbarin. Das hatte ihr ein Mann im Flur auf dem Weg zur Massage gesagt. Sie hatte ihn wohl dabei entgeistert angesehen, er fing an zu grinsen und meinte dann: »Hört sich doch gut an?« Weg war er.

So vergingen die Tage in der Reha und es hieß bald: »Morgen geht es nach Hause.« Die beiden Tischnachbarinnen wurden auch entlassen und so erinnerte man sich beim letzten gemeinsamen Frühstück noch einmal an drei Wochen, die am Anfang schwierig gewesen waren, da man noch nicht so fit gewesen war. Zuletzt ging es allen dreien etwas besser: Die Reha hatte also Erfolg!

35. Zum Schluss

Im Laufe eines Lebens passieren viele Dinge, auf die man keinen Einfluss hat. Wenn man noch jung ist, macht man sich oft älter: »Bin aber schon fast zehn Jahre alt«, heißt es. Später sagt man: »Ich bin etwas über 50 Jahre«, selbst wenn man schon 73 geworden ist. Die jungen Jahre sind schnell vergangen und man erinnert sich an viele Begebenheiten, ob es zu Hause oder in der Schule war. Später, als man mit den »wilden Zeiten« begann, kam man in alle möglichen Situationen. Es war beim Tanzen oder im Kino, wenn dann die erste Liebe kam, gab es viele Verwirrungen. Auf manche hätte man auch verzichten können, aber das gehört auch zum Leben. Aber komisch war doch der Satz meines ehemaligen Schwiegervaters: »Na, wie fühlt man sich, wenn man alt wird?« Dabei war man erst 25 Jahre. Den 40. Geburtstag feiert man groß, wieso eigentlich? Ein Tag wie jeder andere, oder? Aber die Zahl 50 ist eine magische Zahl, wo man überlegt, was eigentlich noch kommen kann. Es gibt noch viele schöne Dinge, die man unternehmen kann. Vieles ändert sich, ist nicht mehr so wichtig, oder man lächelt über Erlebnisse der erwachsenen Kinder, die man selbst in jungen Jahren auch erlebt hat. Wiederholt sich alles?

Egal, was auch passiert, es gibt immer einen Ausweg. Deshalb sollte man sagen: GEHT DOCH!!!!